六花の騎士と雪の豹
～冬実る初恋～

Haruka Tsukatoh
柄十はるか

CB
CHARADE BUNKO

Illustration

白松

CONTENTS

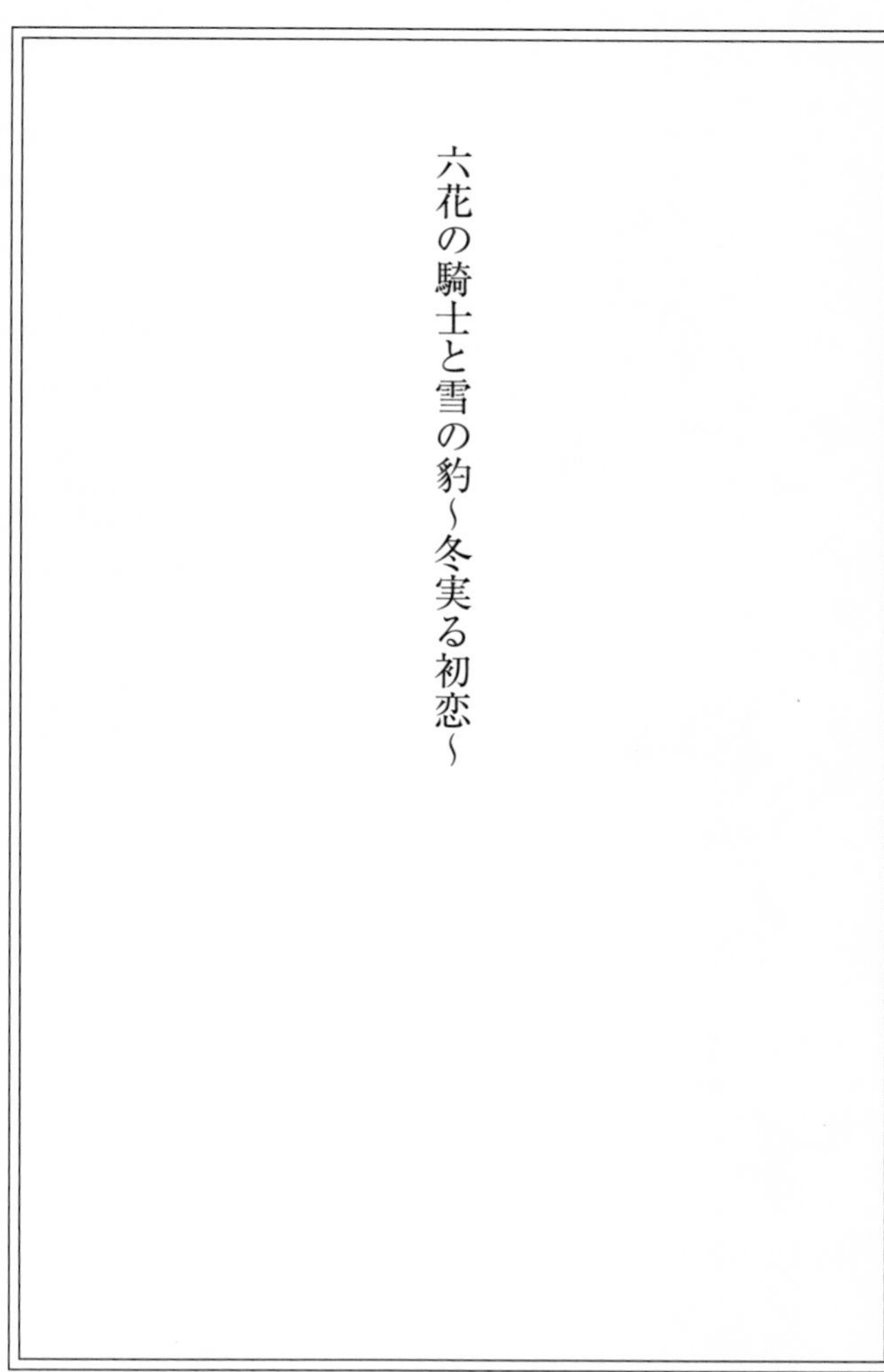

六花の騎士と雪の豹～冬実る初恋～

プロローグ

市街地は朝からお祭り騒ぎだ。あちこちに色とりどりの旗や飾りが掲げられ、屋台が立ち並び、楽団の奏でる音楽が鳴り響いている。

ここ数日の陽気に機嫌をよくした花々はいっせいに蕾をほころばせ、祝賀ムードにその名のとおり花を添えていた。

「いよいよ六花の騎士団団長になられるのね。はあ……正装姿の理王さまかっこいいだろうな～！」

「ね～！　パレード楽しみ！　私、灯里さまイチオシなの！　どこか気だるげで野性的なお姿がとてもいいわあ」

「わかる～！　でも私は断然在臣さま！　在臣さまはね、一度お話ししたら落ちるわよ」

「いいなあ在臣さまとお話しだなんて！　ずるいずるい～！」

「ていうか、在臣さまに会ったことある人みんなそう言うわよね。どこに落ちるの？　沼？」

「そんなもの沼でも崖でも田んぼでもいいわよ。そうじゃないの。落ちるのは——恋よ」

「「恋」」

うら若き乙女たちも話に花を咲かせている真っ最中である。

そう——今日はここ曙立の国、六花の騎士団の団長就任式なのだ。六花、春雷、青嵐と三つある騎士団の中で最も武勇に優れ、騎士の中の騎士と謳われる六花の騎士団団長。その就任式となれば、国を挙げての一大行事だ。

しかし不意に市場のほうから、めでたい日にふさわしくない怒号が響いた。

「俺が獣人だからって馬鹿にしてんのか！」

「獣人かどうかは問題じゃない！　ちゃんと言っただろう、この人が先だって！」

「だからソイツより先に俺が並んで——！」

屋台の前で二人の男性が言い争っている。片方はなんの変哲もない人間の男だが、もう片方の男には黒っぽい毛並みの三角耳と尾が生えていた。

——この世界には二種類の人が存在する。一般的に「人」と呼ばれる「人間」と、「獣人」だ。

動物のような耳と尾を生やし、優れた身体能力や感覚を有する獣人が、どこから来たのかは定かではない。ただ遠い昔、いつの間にか人間のそばに現れ、共に暮らすようになったという。

だからこの世界で、獣人は特別珍しくもない。

「うるせえ！」

店先に並べられていた瓶が叩き落とされる。がしゃんという音とともに中に詰められていたドライフルーツと硝子の破片が散らばり、様子を窺っていた野次馬たちがわっと怯んで後じさった。獣人は人間よりひと回りほど大きな体つきだ。取り押さえるにも普通の人では無理であろう。

だが、再び拳を振り上げようとした獣人の腰のあたりを、とんとんと叩く者がいた。

「あん？」

「それ以上は、やめておけ」

氷を散らすような細くささやかな声。少しかすれ気味で不安定なトーンのせいで、青年か少年か判別がつかない。

「――なんだぁ？」

振り返った獣人の視線は一度宙を空振った。相手の身長が思ったよりも低かったせいだ。改めて落とした視線の先には、頭から白いフードをすっぽりとかぶった小柄な人物が立っている。男は鼻で笑い、唇を歪めた。

「お子様は引っ込んでろよ」

言うなり力任せに腕を振り払おうとした彼は、しかし次の瞬間、右の手を捻りあげられ地面に膝をついていた。

「え?」

獣人は目を白黒させている。何が起こったのかよくわからないのは、周囲にいた人々も同じだった。大人が子供をいなすくらいの所作で、小さな男が大男を組み伏せたのだ。まるで手品か魔法のように。

それと同時、脱げたフードからこぼれ落ちた銀色に誰もが目を奪われる。陽光を吸って新雪のごとく輝く白銀の髪と、白と黒のやわらかな毛に覆われた獣耳。瞳は透き通ったアイスブルーで、長い睫毛の影の下、細かなきらめきをたたえていた。

「あ、白野だ」

誰かが小さく声を上げる。

「白野って……え、在臣さまのところの? じゃあ六花の騎士団!?」

突如自分の名が出たことに驚いて、今度はふかふかの長い尾がマントの裾をはねのけて飛び出した。白地に花のような黒の斑紋が散っており、なんとも美しい。

それを見た人々がまた「すごい、雪豹だあ」「本物はじめて見た」などと口々に感嘆の声を上げはじめるものだから、立派な尻尾も耳もいよいよそわそわと落ち着かない。

「おまえ」

しかし表情だけはまるで変えることなく、青年——五十嵐白野は静かに口を開いた。

降ってきた声に、膝をついた獣人は呆けた顔で逆光にひかめく白銀を見上げる。

「今日は大切な日だ。ケンカは、よくない」

「――――――」

犬か狼か――獣人の縦に少し長い耳が後ろに寝て、ゆるく巻いた尾も力なく股の間に隠れていた。人としての彼はどうだか知らないが、動物の本能のほうはとっくに白旗を揚げたらしい。それ以上抵抗する素振りは見せなかった。

「どうして暴れた?」

「そ、それは……、俺は順番どおり並んで待っていたのに、コイツが他の人間を先にしたから……」

思わぬタイミングで尋ねられた獣人は、しどろもどろになりながらも事情を説明する。

だがそばで聞いていた店主が首を振ってそれを訂正した。

「だからそうじゃない。会計を済ませて預かっていたものを渡しただけなんだ。俺もアンタにはそう言ったつもりだった。……けど、なにぶんごった返してたもんだから言葉足らずだったな。――すまない」

謝罪を受け気まずそうにうなだれた獣人を、白野は腕を引っぱり立たせてやる。彼は頭を掻きつつ店主へと向き直った。

「いや……俺のほうこそ悪かった。この人混みでイライラしててその……申し訳ねえことをしたよ……。壊したものはできる限り弁償させてくれ」

「ああ。うん、なら、お金の代わりに店の片づけやら荷運びやらを手伝ってくれないか？　今日はこれからますます忙しくなるから、人手が欲しかったんだ」

「お、おう。それくらいお安い御用だぜ」

どうやら話はついたようだ。二人は若干ぎこちないながらも笑いあい、白野に向かって頭を下げた。

「ありがとうございました。こんな日に騎士団の方にご迷惑おかけして申し訳ありません」

「すまねえな……騎士さんだったなんて……」

「ううん、いい。それよりみんなにケガがなくて、よかった」

頷いた白野は先ほどから熱い視線を注いでくる観衆へ「おさわがせしました」とお辞儀をし、風のようにその場をあとにした。

「お世話になりました！」

「白野さまー！　在臣さまにもよろしくー！」

「パレード見に行きますね～！」

背にかけられる声に、白い尾っぽを二、三度揺らして答える。

「……あとおれはお子さまじゃないからな」

その後こぼれた呟きは、桜の花びらに紛れて散っていった。

1

丘の上には森に包まれた白亜の王宮と、それを護るようにしてそびえ建つ騎士団本部がある。さらに周りをぐるっと取り囲んでいるのが、多くの騎士たちが寝泊まりをしている特別寮——通称「水晶宮」だ。

「白野さまおかえりなさいませ！　理王さまより、宣誓の儀が始まる正午までには、なんとしてでも在臣さまを大聖堂に連れて来るよう言づてがありました！」

「ん、わかった。ありがとう」

白野は守衛に礼を言って、吹き抜けの玄関ホールから続く大階段を上った。音は立てない。尻尾も床にこすらない。豊かな被毛の尾の先は、いつも床上五センチくらいの絶妙な位置に。背筋を伸ばす感覚を保っていれば、自然とそうなる。

二階の廊下奥、南向きの大きな部屋。扉を軽く数回ノックする。

「————」

返事がない。まさかどこかに出かけてしまったのかと一抹の不安を胸に中へ入ってみる

と、

「あ、在臣……！」

部屋の主――そして白野の主でもある五十嵐在臣は、なんとこれから式典だというのにベッドに寝転がっていた。

白野は薄墨を落としたような眉の根元を微かに寄せ、うろたえつつも静かに近づく。

眠るのは黒髪の偉丈夫だ。目を閉じていてもわかる整った面立ち。高く張りだした鼻梁に、密に生えそろった睫毛。うっすらと開いた唇は形も血色もよく、放りだされた四肢は巨大なはずのシーツの海を狭く感じさせるほどに長い。

思わず膝をついた白野は、日向の寝床でまどろむ主の寝顔をそっと覗きこんだ。できることならしばらく眺めていたい。しかし残念ながら、そうのんびりしているわけにはいかなかった。

「――起きて。在臣、起きて。白野、勲章とってきたぞ」

心なしか甘えた声になる。自らを名前で呼ぶのは子供時代の癖。普段は封じているのだが、在臣とふたりきりの時は油断してこぼれでることが間々ある。

「んあ……？　――白野？」

「うん」

「お～！　おかえり！　悪かったな、家まで取りに行かせちまって」

薄く目を開いた在臣は、白野を見るなりすぐさま跳ね起きた。襟が高めの黒いシャツと白いネクタイ姿がよく似合っている。さっぱりとすかれた髪を無造作に手櫛で直しただけにもかかわらず、ついさっきまでゴロ寝していたとは思えない男ぶりだ。

「ただいま。道、混んでたから、おれが走ってってよかった」

「助かったぜ、ありがとうな」

懐から青い天鵞絨の箱を取り出して渡すと、彼は白い歯を覗かせて笑った。凛々しい青年の顔が途端に少年のようになる。

「いやあ、式典に要るってことをすっかり忘れてたわ」

そして宝石が埋め込まれた勲章を取り上げるなり、玩具でも扱う調子でぶらぶらと揺らしはじめた。白野は慌てて手を伸ばし、その動きを追う。万が一壊れでもしたら目も当てられない。

しかし在臣のほうはそんな白野をおもしろがり、じゃらそうとする。猫（?）じゃらしに使うにはいくらなんでも高価すぎるし、そもそも白野にとっては値段よりも主の功績が認められたという意味でとても大切な勲章だ。

「う、う、在臣、ダメだってば……！」

飛びつきたくなる野性を抑えこみながら右往左往すると、在臣は立ち上がりごめんごめんと肩をすくめた。「ついでにコレお前がつけて」と言うので、快く応じる。

ハンガーに掛けてあったジャケットを一度着てもらい、生地を傷めないよう慎重に取りつける。ほかにも左胸のポケット部分にバッジ状のものをひとつ、その上にメダル型の小さなものを三つ。金モールで縁取りがほどこされた白い騎士服に、鮮やかな赤や青のリボンと細やかな細工の勲章はよく映えた。

無事終わったところで、頬にするりと長く節立った指がかかった。顔を上げると青い瞳とかち合う。突き抜ける夏の空のてっぺんから、ひとしずく落ちてきたような青だ。

どうしたのかとぱちぱち瞬けば、在臣に「髪がほどけてる」と左のこめかみを指の腹でなぞられた。くすぐったくて獣耳がぷるぷると小刻みに震えた。白野の髪はそちら側だけ編みこみにしてあるのだが、走ったりフードの着脱をしたりしているうちに結び目がゆるんでしまったのだろう。

「結い直してやるよ。ほらこっち」

鏡台の椅子を引いて手招きする在臣を前に、白野は一度首を振った。

「もう行こう。遅刻しちゃう」

時刻は十一時。式典が始まる頃だ。

「だ〜いじょぶだって。あんなのは最後のほうでちょろっと潜り込めばいい。どうせ理王も俺はギリギリにしか行かないってわかってるだろ」

確かに。先ほど受け取った「正午までに連れて来い」の伝言を思い出す。団長の傍らに

侍るべき儀式まで、在臣は顔を出さないと見越しての言葉だった。最後の団長の宣誓の儀には、騎士団の雄である叙勲者も立ち会う決まりがある。

（……正午までに行けば大丈夫、なんて言ったら在臣もっと油断しそうだから……、黙ってよう）

まだ平気とはいえ、少しでも早く連れて行ったほうがいいには違いない。……理王の心の平穏のためにも。逡巡に尻尾が泳ぐ。

結論として――

「は、早めに……お願い」

「任せとけ！」

在臣の手による毛づくろいはあまりにも魅力的だった。

在臣はこうなるのはわかっていたとばかり、満面の笑みで頷きブラシをとる。

（理王、ごめんなさい。でも言われた時間までには、必ず在臣を連れて行くから――！）

心の中で謝罪をしたら、あとはされるがままだ。ブラッシングが始まるなり、白野の咽喉はごろごろと鳴ってしまう。

「はは、気持ちいいか白野」

「うん……」

大きな手が耳ごと頭をくるんで撫でる。たまらず顎を上げて「もっと」と前頭をてのひらにこすりつけると、今度は在臣が機嫌よく唇の端を持ちあげて、喉奥で笑う。人間のはずなのにどことなく動物じみた仕草。それが嬉しくて、いっそう強く在臣にすり寄った。

――五十嵐白野と五十嵐在臣は騎士団において主従であり――そしてその苗字が示すとおり、兄弟でもある。

ただし血の繋がりは一切ない。

昔と違い、現代人は二人以上の子供をもうけるのが非常に難しい。かつて大きな戦争や災害に見舞われ大きく数を減らして以降、限られた土地で細々と命を繋ぐうち、そういう体のつくりになったのだそうだ（逆に個体としての能力は上がり、体も幾らか頑丈になった）。

そのため裕福な家では我が子の兄弟代わりとして、多産の獣人から子供を迎えることが半ば慣例化している。

白野もそういった獣人のひとりだった。実のところ他とは事情がだいぶ違うのだが、幼い頃に在臣の弟として五十嵐の家に引き取られたことには違いはない。

ふたりは同じ屋根の下、優しく聡明な両親により、分け隔てなく育てられた。在臣はそれはそれは白野をかわいがり、白野は白野で在臣を慕い、尽くしている。

ちなみに「白野」は在臣がつけてくれた名だ。

だから白野にとって、自分の名と在臣の存在は特別だった。

そんな仲睦(なかむつ)まじい義兄弟主従は団内でも有名で、ちょっとした名物にさえなっている。そもそも五十嵐在臣という人物が騎士団にとどまらず――下手をすれば国家レベルの有名人なのである。

精鋭ぞろいの六花(ろっか)の騎士団において、卓越した剣術の腕ととびきり明晰(めいせき)な頭脳の持ち主として、皆の憧れの的。それでいて本人は己の優秀さをこれっぽっちも鼻にかけず、根っからおおらかで気さくな性格をしているものだから、とにかく人に好かれる。

今日も大聖堂や沿道には、彼を待つ人々がたくさんいるだろう。

「よっし、できたぞ！」

鏡越しに主の姿をじっと見つめていた白野は、肩を叩かれ慌てて視線を自分へと移した。長めに伸ばしてある前髪の一部と左側の髪の毛が綺麗に編み上げられ、形のよい左耳（人型のほうだ。獣人には獣耳と人の耳、どちらともついている）が覗いていた。

「ありがと、在臣」

「どういたしま――わぶ」

「あ」

上機嫌で立ちあがった尻尾が在臣の顔にモサッとかぶさった。バタールパン並みの太さの毛の塊(かたまり)。視界をすっかり塞(ふさ)がれた彼は、払いのけるどころかそのまま摑(つか)んで白く長い毛足に顔面をうずめ、「このまま二度寝したい」などとのたまいはじめた。

白野はどうにかそれをもぎ取るべく根元のほうを引っぱるが、びくともしない。

「…………！」

一分間ほど一対一の綱引き大会が開催され、唐突に終了した。

「危ないなあ。千切れたらどうすんだ」

「在臣がヘンなことしなければいいだけだと思う……！」

急に手を離されたものだから自分の尾を抱えて椅子から転がり落ちるところだった。白野が水色の瞳で睥睨（へいげい）すると、在臣は「ごめんごめん。白野がかわいいから、つい」などと獣耳にキスをして笑う。珍しくもない親愛のくちづけは、ブラッシングと同じようにふたりのコミュニケーションのひとつだ。獣同士が鼻先を触れ合（ふあ）わせるのとなんら変わらない。

「うぐ……またそうやって子供あつかいする」

――いつものことなのに、ここのところ触れられるたび胸がやたらと痛む。

「してないって。大人でも子供でも、白野はかわいい」

「……白野は在臣より年上なんだぞ」

「獣人換算ではそうかもしれないけど、生きてる年数としちゃ俺のほうがお兄ちゃんですう～」

唇を尖（とが）らせ小憎たらしい言い方をしてみせる在臣に、白野はぶんすか尻尾を振って無言で抗議した。

獣人は人間でいう十歳から十二歳の時点で肉体的に成熟する者がほとんどである。そこまではほぼ人の倍速で育ち、あとは同じペースで一年ずつ年を重ねる。

そのため生きてきた年に獣人の成人年齢十歳ぶんを足したもの——人間でいう二十二歳の白野なら三十二歳——が、獣人年齢と呼ばれるのだが、実際はほぼ使用されていない。「成熟が早い」というだけで、人間より獣人のほうが早く老化したり死んだりするわけではないからだ。人間も獣人も、法律では生まれた時からの年数が実年齢となっている。

ふたりが出逢ったのは在臣が九歳、白野がおそらく四歳くらいであろう頃だった。なので在臣がまだ十五歳の時点で、白野は獣人として成人した。あくまで形式上は。

——本当をいえば、白野に肉体や性の成熟は訪れていない。

たとえば灯里など、十歳の時にひとつ上の理王より三十センチ近く背が高かったそうだ。それにひきかえ、白野は一度たりとも在臣の背を追い越したためしがなかった。

体格はいまだ十代の人間の子供と変わらず、大人の印である発情期も来ていない。

もちろん、これでも成長はした。骨格は男性らしく、鍛えているため筋肉もしっかりと乗っている。だが、全体の小ささ華奢さは否めない。

一方、二十七歳になった在臣はまさに男性として理想の体躯に育っていた。一八〇半ばの長身とたくましくもしなやかな体つきは、正直なところ白野よりもよほど大型の肉食獣じみた迫力がある。

その差を少しでも埋めたいがために、つい獣人年齢なんかを引き合いにだしてしまう。何の意味もない形ばかりの数字だったとしても、「在臣より早く大人になった」という慰めにはなる。効果は果てしなく薄いが。

(おれも在臣みたいになりたかったのに……)

下手をすれば自分よりひと回り以上大きな在臣を見上げ、思わずぷんと鼻を鳴らしてしまう白野なのだった。

「ところでさ」

「うん?」

「時間、いつまでに行けばいいんだっけ?」

「!?」

危なかった。大聖堂に滑り込んだ白野は胸を撫でおろして呼吸を整える。

急ぎエントランスまで駆け下り、外に飛び出した先には、既に馬丁が在臣の愛馬を引いて待っていた。理王が手を回しておいてくれたのだろう。ふたりが本気で走っても遅刻は免れたかもしれないが、十中八九汗だくでとんでもないことになっていたと思われる。感謝しかない。

聖堂の中は高い天窓から降り注ぐ明るい陽の光と、それによって作られた濃い影に彩られ、荘厳で神秘的な空気に包まれている。

ちょうど祭壇上では、新団長が王から騎士団長の証である宝剣とマントを授かるところだ。

炎を連想させる紅の髪に、綺羅星のごとく輝く金縁と緑虹彩の瞳。最も美しく整ったパーツのみを使い神様が組み上げた芸術品のような男――獅峰理王。

あらゆる武術に通じ、図書館丸ごと一個分といわれるほどの知識に、いついかなる時でも冷静に対応できる精神と知恵を持つ才人である。

さらにまごうことなき名家の出で、父は前六花の騎士団団長とくれば、新たな団長にこれ以上なくふさわしい。

「おー、理王のヤツ決まってるなァ」

白野の横にいる在臣も、物見遊山をきめこむ客じみた調子で感心しているが――、

『六花にふたりの英傑あり、炎の獅子に雪の嵐』

理王、在臣の両名はそう並び讃えられるほどなのだ。彼らは士官学校の同期で首席の座を争った仲であり、騎士団に入った今でもよい仲間兼好敵手である。

団長交代の話が出た際も、在臣の名は候補に挙がったと聞く。それがこんな後ろのほうでのんびりしていてよいのだろうか。

日に照らされた精悍な横顔。いつも斜め上にある大切な兄弟の顔を見上げながら、白野

は自身の尾を軽く握った。

「皆、今日ここに俺は六花の騎士団団長を拝命した。団長、といっても、俺ひとりの力でこの騎士団を動かせるわけでは決してない。皆がいてこそ、護るべき民がいてこその騎士団だ。皆、どうか今後とも俺に力を貸してくれ」

理王が朗々と語りかけると、途端に居並ぶ騎士たちが応じる。「もちろんです！」「どこまでもついていきます、理王様！」——場所が場所だけに鬨の声までは上がらないが、静かな熱狂が渦を巻くのが伝わってくる。

「ありがとう。もうひとつ頼みがある。清く正しく人のそばに寄り添うべき我らが、大きな群れとなり力に溺れ、決して心を濁らせることのないよう。常に謙虚な気持ちを忘れず、互いを慈しみ支えあう心を持ってほしい。俺も国の宝である民のため、そしてここに集う勇敢な騎士たちのため、我が身を惜しまず捧げよう」

さすがだ。まさに集団ゆえの昂揚感に酔いかけていたところでの言葉に、場が引き締まった。

騎士団にはそれぞれ役割がある。

春雷はおもに災害被災者や遭難者の救助をはじめとする医療、防疫、水や食料や人員の供給と運搬などを担う騎士団。

青嵐は各都市の治安を守り、海洋から山岳に至るまであらゆる土地の探索を行って情報を収集する騎士団。

六花は国防や、武力を必要とする重大事件事故（特に獣人にまつわるもの）に対応する騎士団。最も過酷で命の危険がある武闘派といっても過言ではない。

ゆえに士官学校でも特に優秀な生徒や戦闘能力の高い獣人――つまり腕が立ち矜持が高く、血気盛んな者たちが集まるのだが、そういった騎士たちの気持ちをうまくまとめて御する術を、理王という男はよく知っていた。

「どうです？　ウチの『王様』の演説は」

だしぬけに後ろから声がして、白野と在臣は振り向いた。

「いやあ、理王らしくていいね。……て、よう灯里、お前ここいていいのか？　さっきまであっちいなかった？」

「どうも。オレはまあ、ちょっとお役目を仰せつかったもんでして」

在臣をさらに超えるすらりとした長身と、艶やかな黒髪に金色の瞳。黒銀の大きな三角耳と先の白い尻尾を持つ彼の名は、狼谷灯里という。その姓が示すとおり狼の獣人を始祖とし、代々獅峰家に仕える由緒正しい家柄だ。灯里も幼い頃から理王の側近として、常にそばに控えている。

――なぜか彼は片手で担げる小ぶりな団旗を手にしていた。こんな中途半端なところで掲げる意味はないし、むしろ悪目立ちしそうだ。

まるで目印にでもするためのような……。

（目印？）

白野が壇上に視線を戻したのと、灯里がにんまりと唇の端を吊り上げ、旗を翻したのはほぼ同時だった。

「ここで団長となった最初の役目として、副団長を任命しよう。――皆もよくよく知っていると思うが、そこの五十嵐在臣！」

白手袋に包まれた長い指が、聖堂の最後方をびしりと指さす。

「おうん？」

応答と疑問が合体した結果の、あまりにも間抜けな声。

それとは裏腹に場内は再び盛り上がる。「やっぱり在臣さまだ！」「待ってました在臣さま！」――先ほどとまた違う興奮に満ち、完全に陽気なお祭りムードだ。

「在臣、これからもこの団と俺を助けてくれるよな！」

理王の笑顔は朝露をたたえた薔薇のように美麗だったが、白野と在臣の目にはわりと悪魔の笑みに見えた。言葉だってこちらの同意は求めていない、完全に断定系の語尾である。

「ちょっ、待……！」

異議を唱えようとした在臣の腕を、すかさず灯里が掴み持ち上げる。傍目に見れば了解の挙手かはたまたガッツポーズか。どちらにしろ目撃した者たちからは祝福の喝采が巻き起こった。

「感謝するぞ在臣！　そして誇り高き六花の騎士たちよ！」

理王はそれに対し無駄に感極まった風に手を振っている。

「さあ在臣新副団長、ここへ！」

先ほどの感動を返してほしい。突然のご無体な暴君ぶりに、白野の瞳孔は開きっぱなしだ。獣耳のほうも「いやいやいやいや待て待て待て待て聞いてない俺聞いてないおま理王まじ絶対許さんからな」という呪詛じみた主の小声を拾い続けている。

「……灯里、どうしてこんなことするんだ」

睨んで言うと、灯里は首を傾げた。

「どうしても何も。在臣さん、普通に頼んだら断るっしょ？　めんどくさいからヤダー、俺は平団員がいいーって」

「うう」

容易に想像がつきすぎる。

在臣は争いを好まない。だから本当は春雷の騎士団に行きたかったのだ。医術を学び、生きようとする命を助ける仕事がしたかった。けれどつつましく人助けに従事するには、彼はあまりにも力を持ちすぎていた。獣人とさえ対等に渡り合える剣術の腕や、まれに見る身体能力の高さゆえ、世間が彼を放っておかなかった。

そうして士官学校に入り、理王や灯里をはじめとするさまざまな人々と出逢い、日々を過ごすうち、最終的に剣をとって戦う道を選んだ。

——「これは俺にしかできないことだから」と。

「在臣じゃなくてもいい」

「ホントにそう思ってる？　在臣さんがどんだけできる男か、副団長にふさわしいかなんて、白野、お前が一番よくわかってるだろうに」

わかっているからこその怒りだった。白野は耳を開き後ろに寝かせる。

「でも、在臣は——……っ」

言い返そうとしてもうまく言葉にならない。もどかしさが腹にとぐろを巻く。いつの間にか芯が痛むほど強く尾を握りしめていたらしく、気づいた在臣がそっと手を重ねて離すよう促してきた。

「う……ありおみ」

「どうどう白野。こうなったら仕方ないさ」

「ひとつ言っておきますけど、考えたのはオレだから理王さまを怒んないでやってくださいね。あの人は最後までちゃんと在臣さんに話して頭下げるって言ってたんで」

灯里は多くを語ろうとはしなかったが、在臣は大方のことを察したらしかった。

「……まあ別に、副団長になろうとなるまいと、やることと一緒な気もするし」

はあ、と溜め息を吐いて肩を落としてみせる在臣だが、その表情は既に明るい。

「理王だけじゃ寂しいもんな。いいよ、やる」

「あとで手間増えたって後悔するんじゃないぞ」などと憎まれ口を叩きつつ、颯爽と肩で風を切り前へと出る。

「許せよ、白野」

それを見送り、はたりと一度尾を振った灯里の横で、白野は長い尾を鞭のようにしならせ何度も宙を叩いた。

「怒るなって」

「怒るに決まってる」

でもその怒りをどこにぶつけたらいいかわからないから余計に腹立たしい。

皆、期待していたはずだ。新団長が理王ならば、副団長は在臣以外に考えられない。もしこれで違ったら、何らかの派閥の力でも働いたか、理王と在臣の間に亀裂が生まれたか――変に勘繰る者がきっと出ただろう。それが高じて在臣を担ぎ上げ、理王の対抗勢力にしようという動きが起こった可能性だって捨てきれない。士官学校時代も、なにかとふたりを対立させようとした者たちがいた。

だからこの形が一番いいのだ。騎士の鑑である太陽が天辺に収まり、肩書きや名誉にこだわらない自由な星が傍らを駆ける。

理王が在臣に副団長のマントを着せ、握手と抱擁を交わす。ふたりが天高く剣を掲げ交差させると、白銀の光が美しく閃いた。

式典は滞りなく、むしろこれまでにないくらいの熱気と万雷の拍手に包まれて終わり、間もなく大聖堂から市街地へのパレードが始まった。

通りは若き新団長と副団長の姿をひと目見ようとする人たちで溢れ、騎士の列にはひっきりなしに祝福の言葉や花びらが投げかけられる。

はじめのうちは面食らった様子の在臣だったが、行きつけの食堂のおかみさんだの、迷子になったところを助けた子供だの、なぜか用意されていた自分の名が書いてある横断幕だのを見つけるたび、手を振り嬉しそうに笑顔をこぼしている。

ただ手を振り返した途端、若い女性たちが銃撃でも受けたかのごとくのけぞった時は彼も驚いて、「俺、なんか出した？」と本気で心配していた。白野はちょっと彼女たちの気持ちがわかると思ってしまった。在臣の満面の笑みを見ると、心臓がキュッとなってうずくまったりじたばたしたくなる。

(あの子たちも、好きなのかな)

在臣のことが。

馬上の主を見ながらその脇を行進する白野の胸には、もう長いこと秘密の想いが眠っている。

自覚したのは士官学校に入って少ししてからだ。家を出て、ふたりで寮生活をするようになった頃。

お前、恋してるんだな――そう言われ、ああこれが恋なのか、と腑に落ちた。

だってこの人のためなら死んでもいいほどの気持ちが、恋以外になんだっていうのだろう。

同時にひどい罪悪感も抱いた。在臣は恩人であり、兄であり、主なのに――と。

しかし思ったよりもさっくり折り合いはついた。答えは簡単、在臣に言わなければいい。

自分の心の中に、ただ在るだけでいい。時々ひとりで眺めて満足する。もともと何も望んではいないのだから。

幸い、在臣と自分は家族だ。もしかしたら恋人よりもよほど長い時間一緒にいられる。

それだけでじゅうぶんだ。ずっとずっとそうしてきた。

でも――

(この気持ちも……そろそろ終わりにしなきゃ、だな)

青毛の馬に跨り純白のマントをなびかせる姿は、まさに童話の騎士か王子様。

彼もそろそろお姫様を迎えに行かなければ。

春の空の下。小さな雪豹の獣人はその淡い恋にひとり幕を下ろした――はずだった。

2

「り〜お〜くん！　あ〜そび〜ましょ！」

ノックもなしにドアを蹴飛ばすように入ってきた男を見て、獅峰理王(ししみねりおう)は控えていた灯里(ともり)に「つまみ出せ」というジェスチャーをした。

「すみませんねえ在臣(ありおみ)さん。理王さま、今仕事中なんで」

「冗談もわからないのかな、君たちは！」

「そのノリからして絶対に面倒な話がある。この菓子を賭けてもいい」

理王は机の上の小皿からビスケットを一枚取り、至極真剣な表情で言った。

「理王さま、それオレのおやつ」

灯里が嫌そうに顔をしかめる。

「大丈夫だ、百パーセント俺が勝つ。ゆえにこれはお前のものだ灯里。在臣なんぞに俺様お手製のビスケットなど一枚たりとてくれてやるものか」

「そりゃあなによりです」

「おいちょっと、副団長の扱い雑すぎじゃない⁉」

そんなやりとりをしつつも、灯里がゲスト用の（ちゃっかり自分のぶんも）ティーセットを用意しているところを見るに、叩き出されるのは回避したらしい。

来客が多い団長室は広く、天井も高く作られている。控えめなシャンデリアがぶら下がっている以外は落ち着いた色と重厚なつくりの調度でしつらえてあり、華美さは一切ない。どちらかというと武骨できちっとした印象を受ける理王らしい部屋だ。彼の父である前団長から受け継ぎ、ほとんど手は加えていないというから、やはりそこは親子なのだろう。

「というか理王、お菓子作りなんかしてる暇あんの？」

「暇というのは作るものだ。料理もいい息抜きになるぞ」

「よくやるぜ」

出された茶菓子は黒すぐりのジャムの乗ったクッキーだ。紅茶にはたっぷりのミルク。そっけないようでいてしっかり相手の好みを把握し、もてなしてくれるあたり、さすが気づかいの鬼とその僕である。

クッキーを口に放り込んだ在臣はカップを持ったまま窓辺に移動し、開いた窓から外を覗く。行儀が悪い、と言いたげな視線を感じたが、気づかないふりをした。

「い～い天気だ」

昼時とあって、中庭や回廊はにぎわっている。

騎士団本部は「翡翠宮」とも呼ばれているが、この中庭に由来するものだ。小ぶりな噴水を中心として、手入れの行き届いた植栽が幾何学模様に並んでおり、実に美しい。今の時間は木々の葉に遮られた陽射しの欠片が、石畳と芝の道に光の斑点を描いている。

理王団長と在臣副団長誕生から早二か月と半月。六花の騎士団はいつもどおり活気に溢れていた。長きにわたり団を率いてきた理王の父――前団長が退き、少なからず気がゆるむのでは……との周囲の心配は杞憂に終わった。

特に今日は梅雨の晴れ間とあって、皆いっそう表情が明るい。

目ざとい幾人かが窓辺の副団長を見つけて威勢のいい挨拶と敬礼を送ってくるものだから、在臣も楽しげに応じる。

「うんうん、元気で結構」

「お前の地獄の鍛錬が効いているみたいだぞ、在臣」

「普通にやってるだけなのに……」

おっかしいなあ……と頭を掻く在臣を、理王はくすくす笑いながら眺めている。普段は穏やかで陽気な在臣だが、いざ鍛錬となると鬼神のごとき有様だというのは昔から知られた話だ。

副団長に就任してすぐ、一週間を通してすべての団員にマンツーマンでみっちり稽古をつけるという荒行をやったところ、その凄まじさを聞きつけ、なぜか他の団の団員まで押しかけてくるようになり、団内には在臣ファンがやたらと増えた。

「とはいえ、お前の慕われぶりには敵わないぜ、理王」

「ふっはっはっは！　何を当然のことを言っているんだたわけが！　この俺のカリスマの前には猫も杓子もジャンピング土下座よ！」

「……想像するとずいぶん楽しそうな光景だな」

「ですね」

ずず～と茶を啜りながら目を細める在臣と灯里。しかしそれはふんぞり返って高笑いしている団長様が、陰で血の滲むような努力を重ねていることを知っての反応である。

「……あ、白野」

不意に視界の端に見慣れた銀色を見つけ、在臣は思わず声を漏らした。中庭を囲む回廊にはところどころ小さな鉢植えが飾ってあり、そこの水やりをするのが白野の日課だ。もちろん専属の庭師もいるのだけれど、ある日なにか手伝えないだろうかと申し出たところ、ならば——と託してくれたらしい。嬉しそうに報告してきたのをよく覚えている。几帳面な性格なので適役であるし、きっと彼が中庭の常連で、いつも美しい花々や緑を愛でていることを庭師たちも知っていたのだろう。

通行人の邪魔をしないためか、はたまたご機嫌だからなのか。通常水平か斜め下に垂れている尻尾は、ゆるく曲線を描きながら立っていた。なにしろ一メートルほどもある立派な尾なので、先端は頭のだいぶ上だ。バランスをとるように時々ふよんふよんと揺れる。

「かわいいよなあ～、白野」

「そうだな」

「白くて小さくてふわふわしてて、かわいくて綺麗で優しくて……。天使ってのが実際にいたら絶対あんな感じだと思うわ、俺」

「……そうだな」

「……え⁉　突っ込みは⁉」

「突っ込んでほしいのか？」

「いや……別に……そういうわけじゃないけどさ……」

事実を述べたに違いはないが、いざ全肯定されると調子がでない。身勝手な話である。

「お前の親……兄馬鹿はともかく、白野は実際美しいと思うぞ。何より愛情深くて心根が真っ直ぐだ。大切に育てられたのがよくわかる」

実直の化身のような理王からの偽りのない賛辞に、在臣のまなじりは思わず下がった。

「そりゃあもう！　五十嵐家総出で豹よ花よと愛でたからな！」

「……言い得て妙だな。で、話はそのことか」

背もたれに身を預け、椅子を回転させて在臣へと向き直った理王の横に、灯里がティーセットを置く。そして「あとはおふたりでどうぞ」とばかりに音もなく出ていった。

「——最近、白野がよそよそしい」

ドアが閉まってから数秒して、在臣は口を開いた。

「よそよそしい？」

怪訝(けげん)そうに語尾を跳ね上げる様子からして、白野の変化は理王でも気づかない程度のようだ。

「微妙にな。どうも仕事に熱心すぎるというか」

「真面目な白野のことだ。お前が副団長という責を担(にな)う立場になったから、役に立とうと一生懸命なんじゃないのか」

「それも多少はあるだろうけど、一生懸命っていうならあいつは昔からそうだ。じゃなくて……、やたらと『従者』っていう役割に徹しようとしてる——とでもいうのかね。プライベートの時間でも、家族としてあまり甘えてこなくなった。気がする」

理王はしばらく記憶を手繰(たぐ)るように顎(あご)をさすりつつ目を伏せ、やがて口を開いた。

「言われてみれば、お前らのじゃれあいを見る回数が減ったか……？」

「だろお!? 前はさ、冷えると俺のベッドに潜り込んできたりしてたのに、副団長になってから一度もないの！ おかしいだろ！ おかしいよな!? 四月でも寒い日あったし！」

控えめに寝巻きの裾を引っぱり「一緒に寝てもいいか？」と小首を傾(かし)げて尋(たず)ねてくる白

野や、腋の下に頭を押しつけ、くるくると咽喉を鳴らし眠る白野――。あんな白野こんな白野を思い出しながらの絶叫に、理王のまなざしは氷点下を記録しそうな勢いだ。

「……お前の過保護ぶりがそもそも問題なのでは、と思わないでもないが。しかし今しがた他の団員がお前に呼びかけた時、すぐそばにいるはずの白野は来なかったな。確かに珍しいことだ」

　指摘されてみればそうだ。

「あ～、あとさ、たまに尾っぽを噛むんだよ。――噛むこと自体が悪いわけじゃない。ひとりで自分の尻尾にじゃれついて、テンション上がったまましばらくムシャムシャかじってるとかもたまにあるし、単純に握ったり咥えたりしてると安心するってのもあると思う。お気に入りの毛布がわりみたいなもんだ。それだけだったらかわいいで済むんだけど……ここんところ、強く噛んだり握ったりがどうも目についてな」

「だから何か不安や悩みがあるんじゃないかって心配なワケ」。在臣は腕組みをして口をへの字に曲げた。

「人間でいうと爪を噛むようなものか」

「それだ」

「なるほど。それで俺のところにな」

　理王はゆっくりと革張りの書斎椅子を軋ませ立ち上がり、在臣の横に並んで窓の外へと目をやった。

「もしかしたら俺が、『副団長になった在臣を支えてやれ』と一声かけたのでは——と？　……それとも、『在臣が副団長になったから、お前は身の程をわきまえろよ』とでも言ったと思ったか？」

わざと冷酷に、嘲る調子で放たれた言葉を、在臣はへらりと笑って流した。「まさかァ」

「お前に限ってンなこと言うワケないだろ？」

「フン」

全幅の信頼をこめて返せば、つんと顎を上げて視線をそらす。ちょっぴりひねくれた——けれど誰よりも友人思いの青年。

幼い頃から「人の上に立つ者」として英才教育を受け、周囲から期待されてきたせいか。彼は時折露悪的に振る舞うことがあった。

頂点で輝くからには憎まれ役も買って出てやる——。その心意気はいいのだが、それでは背負うものが多すぎるし重すぎる。

だから友として放っておけない。

「理王は俺のことも好きだけど、白野のことも好きだもんな！」

「お前のことは好きじゃないが、白野のことは好きだな」

「ま～たまたあ、理王くんたら～……ってあだだだだ！　やめて！　手ェもげる！」

脇腹を肘でつついたら、そっと優しく手首を摑まれ——ぐきりとひねり上げられた。

「ひっど……」

「しかし二か月半だとまだなんとも言えん。今後の様子を見て、それでもおかしいようであればまた相談に乗ろう。一回百万でな」

「ぼったくりにもほどがある！」

「ほら、そろそろ昼休みも終了だぞ」

時計を見れば十三時間近である。——そういえば。在臣はぽんと手を打って、理王のほうへと向き直った。

「この間の獣人用の違法薬物な。出所摑めそうだぜ」

「なんだと？　本当か」

こうなるとふたりとも切り替えは早い。在臣が空のカップやポットをトレイに集めサイドテーブルに乗せれば、理王は机の上に必要な書類を並べていく。

「港町の五番倉庫に変な奴らが出入りしてるって話だ」

「五番倉庫……？　あそこは貿易商の浅井家の持ち物だろう。怪しいのは複数の小商社が共有倉庫として使っている三番じゃなかったか？」

「いや、どうも変でな。タレコミがあった日に五番のほうでも荷の積み下ろしがあったんだが——人手が足りないって休みの奴も駆り出されたらしいんだ。それも夜遅い時間帯に」

「…………——」

理王の表情が険しくなる。

「ところで在臣」

「なんだ?」

「お前、どこでこんな情報手に入れた?」

俺や他の奴が調べた時はこんなことさっぱりわからなかったぞ——そう言われて、在臣は若干明後日に視線を飛ばしながら肩をすくめた。

「あ、あ〜っと、うん、まあ。あそこらにはちょっと秘密の、集会所的なモンがありましてですね」

海の荒くれ者たちが集まる倉庫街の地下酒場。在臣はこの数か月、数日おきに単身そこへと通っていたのだ。もちろん白い制服なぞ身につけず、今日一日汗みどろになって働いていました——といわんばかりの恰好で。

おもしろいことに、一、二度「兄ちゃんアレだな、あの有名な騎士様に似てるって言われねえか」とからかわれはしたが、誰も「もしや本人では?」と疑ってはこなかった。もともと上流の家の育ちではなく、庶民なのも幸いしたのかもしれない。言葉づかいに立ち居振る舞い——、平時の在臣はごくごく普通の青年だ。

加えてこの性格である。人懐こく話しかけ、飲み比べや力比べに応じているうち「若いのになかなかやるな！」と握手を交わし、彼らに溶け込むまでそう時間はかからなかった。今となっては飲んだくれの親父連中の愚痴を聞いてアドバイスをしたり、何なら「あそこ働き手募集してたぜ」と新しい仕事口まで紹介したりしている。

　ゆえに、向こうもいろいろな話を聞かせてくれる。

「いやあ～、ケンカっぱやいけど根はいい人ばっかなんだなコレが！」

「お前はなにをやっとるんだ……！」

　頭痛を抑えるようにこめかみに指を当てて震える理王。

「危険な場所へ単独潜入するなとあれほど言ったろう！　道理でこの頃、門限以降にしょっちゅうお前の部屋からドアの開閉音がするはずだ！」

「えっ理王くん聞いてたの～？　ヤダ～出歯亀～！　っおぶ……！」

　人差し指を振り振り、しなを作って言ったところ、鳩尾に正拳突きを食らった。

「顔はやらんでおいてやる」

「ボディもやめてください理王様……」

　十二分に手加減されていたが、直前に腹筋に力を籠めていなかったらけっこうな惨事になっていたと思われる。拳型の青痣とか。

「てか別に違法でもなんでもないし危なくはないって……。一般人はまず入れないっていうだけで」

「……お陰で貴重な情報を得られたのはいいが、今度からきちんと事前に報告をしてから行け。いいか⁉　報告・連絡・相談！　ほう・れん・そう！　ちゃんとしろ馬鹿者！　あと聞いていたのは俺ではない。灯里だ。耳がいいから聞こえるんだ。文句ならあいつに言うがいい」

そこではたと気づいた理王は、心なしか憐憫のまなざしで在臣を見つめた。

「お前……、その酒場のこと、白野に言ってから出かけたか……？」

「へ？　いや……」

確か毎回外を走ってくるだとか用事だとか人に会ってくるとか伝えて出ていた。

「白野は先に寝てていいからって……」

「それでお前は遅くに酒臭くなって帰ってくるわけだな」

「あ、っ……？」

そういえば起きて待っていた白野にクンクンとにおいを嗅がれたことがあった。

「お前、浮気を疑われているのでは……？」

浮気も何も、そもそも始まりさえしていないのだが、それどころではない。

「そんな酔っ払いの布団には白野も潜るまい！」

わはは、とさも愉快そうに笑う理王と、がっくり肩を落とす在臣だった。

「はー、まったく笑わせよって。――ともかく、五番倉庫の件は調べておこう。相手が相手だけに勘付かれると面倒だ。しばらくは他言無用に頼むぞ」

「了解」

「あと単騎突撃も禁止だ」

「……了解」

「なんだ今の間は」

「いやいくらなんでもそれはしないわと思って」

「お前の場合あり得るから恐ろしいんだろうが」

ふとそこで在臣の目が一枚の書類に釘付けになる。脇へと寄せられた紙束から、ほんのわずかばかりはみだしていたそれ。

『希少獣人の密売買について』

視線をたどった理王の顔色が変わったのが、在臣にもわかった。

無理もない。頭の芯が凍えるような――それでいて煮えたぎるような感覚がある。こんなに殺気を垂れ流して（たなが）いては庭の鳥とて逃げるというものだ。

「暴れるなよ」

「暴れねェよ」

思わず語調が乱暴になったのは許してほしい。在臣は大きく息を吸い、ゆっくりと吐きながら天を仰いだ。

「いやいや、悪かった」

「俺のほうこそ軽率だった。もう少し情報を整理してから見せるつもりだったんだが……それこそ報連相がなってなかったな」

「なに謝ってんだよ。らしくもない」

「ん？　そうだったか。なら撤回で」

軽く笑んで胸を張ってみせた理王だったが、すぐに真剣な表情で語りかけてくる。

「白野に一度言ってみたらどうだ。あいつだってお前のことを少なからず想っているだろう。色よい返事がもらえないというのは、正直考えられないぞ」

「……その少なからず、ってのが一番問題なんだよな……」

「？　どういう……」

ノックの音が響き、理王は口をつぐんだ。「灯里か」「はい、理王さま。青嵐の団長殿がいらっしゃいましたよ」。もうそんな時間だったかと壁時計を一瞥した彼に、軽く手を上げて言う。

「長居した」

「ああ。……在臣」

「んん？」

——白野もだが、お前も無理をするなよ。

肝心なところで口が重い自分のことなど、すっかり見抜かれているようだった。在臣は苦笑いとともに団長室を辞した。

十八年前のクリスマスの夜、家にやって来たのはサンタクロースではなく、傷ついた雪豹の獣人だった。

五十嵐家は中流階級の家柄ながら、城や社交界への出入りを許されている少々珍しい家である。当主——つまり在臣の父が優秀な獣人生態研究家であるのに加え、母も獣人の専門医として医院を開き、そろって社会に大きく貢献しているとの評価を受けた結果だ。

そんな五十嵐夫妻のもとに生まれた一人息子が在臣だった。

だから在臣の周囲にはいつも獣人がいた。

人間と獣人は、同じ「人」であるけれど、同時にまったくの「違う生き物」でもある。

この世界において、人間より地位の高い獣人はごく少数しかいない。ただそれは、より知能の高い人間とより身体能力に恵まれた獣人が、お互い得意な分野で腕を活かし苦手なところを補い合った結果にすぎない。たまたま司令塔として人間が上に立つケースが多かっただけ——要は適材適所としてあるべきところに収まっている、というのがほとんどの人の認識だ。

しかし悲しいかな、そういった現状を「人間は獣人を支配する側」と解釈し、「獣人は人間より下等の生き物」と主張する者も一部いる。

中でも一番たちが悪いとされるのが——密売買人。

希少な種類の獣人を捕まえ、愛玩動物(ペット)として売り買いする連中だ。

——当時たった四歳だった白野は、ひとりの獣人の死骸(しがい)とともに船のコンテナから見つかったという。

見た目や年齢からして、亡骸(なきがら)はおそらく彼の兄弟であろうと推測された。

首には捕(と)らわれた時についたとおぼしき痕(あと)があり、よほど強く締め上げられたのか、声はほとんど出なくなっていた(だから今でも発語が少したどたどしいし、声量もない)。

さらには体の自由を奪うため過剰に薬を投与されたらしく、数日経っても四肢に麻痺が残っていた。体の発育不良も、おもにこの薬物の後遺症によるものだ。

それでも白野は兄弟の小さな手を握ったままだった。真っ暗なコンテナの中、糞尿(ふんにょう)にまみれ息も絶(た)え絶(だ)えになって——そのうち触(ふ)れる手指が冷たく硬くなっても、離さなかったのだ。

保護したのはちょうど港で密輸密売買の取り締まりをしていた六花の騎士団だった。

白野はすぐさま市街地の大きな医療施設に収容されたが、一度も扱ったことのない雪豹の獣人ということで、専門家である在臣の父と母に連絡が入った。

そうして――

『在臣、会ってほしい子がいる。怖い目に遭って、ひとりぼっちで怯えているんだ』

在臣はふたりに呼ばれ、白野と顔を合わせた。

彼はベッドの上、毛布にくるまり身を丸めたままじっと動かなかった。覗く手足は細く、蠟のように白い。耳も尻尾も毛はぼさぼさで、ところどころむき出しになった地肌が痛々しく映る。

そしてその目は……。

（ああ、なんて――）

近寄ろうとするとぱたり、と一度尻尾がシーツを叩いたので、その場に立ち止まる。

よくよく見ると、微かに体が震えていた。

『大丈夫だよ』

最初に出た言葉は、挨拶でもなんでもない。

『大丈夫、こわくないよ』

ベッドからだいぶ離れたところに在臣は座り込み、

『僕は五十嵐在臣っていうんだ。はじめまして！　……ええと、君のお名前は？』

そう言って笑った。

白野の身の上について両親から聞いたのは、黙って三十分ほど見つめあった初対面のあと。

『在臣、お母さんと相談したんだけれどね。新しい家族として――お前の弟として、あの子を迎えようと思うんだ』

不思議なことに、それがいかに両親にとって異例で重大な決心であったかは、幼い在臣にもすんなりと理解できた。

なぜなら五十嵐の家や診療所にはいつだってたくさんの獣人がいて、けれど過去に一度たりとも家族になった人はいなかったからだ。

生まれてからの九年間、あれだけの人々がいても、一度も。

『ごめんなさい、在臣。いつも寂しい思いをさせて。今日だってせっかくのクリスマスだったのに、ほとんど一緒にいてあげられなかった。在臣はお母さんとお父さんの仕事のことをよくわかってくれてるからって……ちょっと甘えすぎてるよね。本当にごめん。でも覚えていて、私たちは在臣を世界一愛してる』

それなのにこんなお願いをするのは酷かもしれない――母は真剣に語りかけた。

『……この仕事をしていると、何もできずただ見守るしかできないことがしょっちゅうあるわ。それでも「先生がいてくれてよかった」なんて言ってくれる人がいる。つらい時や悲しい時に誰かがそばにいるっていうのは、すごく大切なことなのね。……でね、お母さんは在臣があの子にとってそういう存在になってあげられると思ってる。そして在臣のそ

ばにいたら、きっとあの子も将来あなたや誰かを支えられる優しい人に成長する。でも、まず彼には生きるための元気が必要なの。あったかいお家と、守ってあげる家族が必要なの。力を、貸してくれないかな？』

『僕が？』

『そう。在臣は……みんなを笑顔にしてくれる魔法を持ってるから』

『魔法？』

『うーんと、在臣、きっとお母さんが言いたいのはね、在臣は今までどおりでいいんだよ、ってことだ。だから、変わらず元気でいておくれ。あの子とは、時間をかけてゆっくり家族になっていこう』

『あなた呑気ねー！　もー！　でも言いたかったのはだいたいそれです！』

『あはは、それが僕のとりえだから。きみの気持ち、うまく翻訳できたなら嬉しいよ』

笑いあう夫婦を見上げ、在臣は思いを巡らせる。

確かに寂しい時もある。けれどどんなに忙しくとも食事を作ってくれて、寝る時には必ず本を読み聞かせてくれる母が大好きだし、物知りでいろんな話を聞かせて——新しい世界を教えてくれる父を尊敬している。

ふたりのようになるのが将来の夢。家族が増えるのが嫌なはずもない。むしろ弟ができるのは純粋に嬉しい。

けれど何より、あの白い少年に出逢った瞬間、笑った顔が見たいと思った。

傷つき、くたびれ、死の匂いさえ漂ってきそうな有様にもかかわらず、光を失っていない彼の瞳は、

（――なんて、綺麗なんだろう）

それは人生で初めての、心の底から感じ入った美しさ。

だから正直なところ、言われるまでもなく既に決めていたのだ。

『うん。僕、あの子の家族になる』

在臣が深く頷くと、両親は笑って頭を撫で、たくさんキスをくれた。「メリークリスマス」の言葉と共に。

気づけば遅い時間になっていた。さして好きでもない事務作業でも、一度没頭すると時が経つのを忘れてしまう。白野もその間ずっと資料集めや聞きこみ結果の報告などかいがいしく働いてくれた。散らかしていたはずの机周りや床も、いつの間にやら掃除されている。

しかし最後に図書室へ本を返してくると部屋を出て行ったのはいいのだが――

「帰ってこない」

在臣は首をひねる。

「迷ったか?」

本部棟と渡り廊下で結ばれた別館の図書室は、希書から奇書まで何でもござれの本の密林だ。青嵐の騎士団などは遠征先でよくオーパーツを拾ってくるので分析や研究に携わる技術系の騎士も多く、そちら方面の人々にとっては特に垂涎の場所である。

一日中図書室から出てこないどころか一週間近く滞在し続けた者がいた……。中で迷子になった新入りが衰弱気味で運びだされた……。いやいや実は行方不明者が出たことがある……。

――などと噂が立つほどの魔窟。

だがあくまで噂は噂であり、実際そこまでの事件事故は起こっていない(まったくなくはなかったと言っておく)。どちらにしろとっくに通い慣れている白野がその罠に嵌まるとは考えにくい。

(……まさか)

ざわりと背筋に冷たいものが走る。

過去にあったのだ。思い出すのも忌々しい。士官学校の寄宿舎での出来事。

何を血迷ったのか白野を襲おうとした人間がいた。

屈強な男どもの檻において、細い体と綺麗な面立ちの白野はひときわ目立った。加害者の大柄な青年は白野を自室に引きずり込み乱暴しようとして――

ギッタンギッタンに返り討ちにされた。

白野は強いのである。なにしろ雪豹の獣人だ。迫ってくる相手に頭突き一発ののち眼球目がけて指を突きこみ、もんどりうって後ろにのけぞったところへ側頭部目がけて渾身の回し蹴り。

やりすぎでは、と問題になったが、むしろ現場に駆けつけた在臣が我を忘れて「トドメ刺してやるよ!」と怒りくるったほうが問題になった。白野と理王と灯里の三人がかりで取り押さえられてどうにかなったものの、事後処理含めて実家にも理王にも——理王の家にも迷惑をかけてしまった痛恨の一件である。

あれ以来、士官学校には「血の日曜日を忘れるな」という合言葉ができ、今も受け継がれているらしい。相手の同意なく強引に何かをしようとした場合に——「いじめ、よくない」「因果応報」「悪いことをすると五十嵐在臣に退治されるぞ」的な意味で使われるのだとか。

(俺は悪い子を探して剣を振りまわす魔獣か何かか?)

頭を抱えたくなるが、今は反省よりも心配が先に立つ。

もしまた似たようなことがあったら——、

「白野……」

今度こそ正気ではいられない。

昼間あんな書類を見たせいだろうか。在臣はいつになく冷静さを欠いて部屋を飛び出そうとした。

「白——」

「在臣っ……！　みゃあっ⁉」

ドアが開いた途端、白野は甲高い声を上げてぴょーんと大きく跳びすさった。高く遠くあまりにも見事な跳躍に、在臣は普通に感心してしまう。お陰で頭に上っていた血も引いた。

「ごめん白野！　驚かせた！」

「う、ううん、は、白野は、だいじょぶ、だぞ」

己の尻尾を抱えて撫ではじめたのは心を落ち着かせるためと思われる。白野には申し訳ないが、大変にかわいい。

「戻らないから心配して——どうした？　なんかあったか？」

「あ。そう、在臣、一緒に来てほしい」

話を聞きながら回廊にたどり着いた在臣は「ああ、これは……」と眉をひそめた。床に落ちているのは泥と枯れ草で強固に作られていたはずの燕の巣。中では六羽ものまるまるとした雛が、ピイピイ悲鳴を上げている。

図書室から帰る途中、白野の獣耳はこの声を聞きつけたのであった。

「こりゃあ子だくさんすぎて重量オーバーだったか。怪我は……見たところしていないな。巣と下にあった植木鉢の花がクッションになったんだろう」

「よかった……。たぶん、あそこにいるのがお父さんとお母さんだと思う」

ひとまずほっと胸を撫でおろす白野。指さす先には、心配そうにこちらを覗き込むつがいの鳥が見える。

「どうすっかな……」

台座を作るにもこの石と木と漆喰で作られた堅牢な建物、実は歴史的に重要な建築物だとかでそう簡単にいじれない。工具で穴を開けようものなら大騒ぎ間違いなしだ。

「う～ん……」

ひとしきりあたりを見回した在臣は、やがてぽんと手を叩いた。

「そうだ！　白野、倉庫行って使わないタオルを何枚か……それか似たような布を持ってきてくれないか。大きかったら切ればいい。俺はちょっと執務室戻って、巣の代わりになるモン取ってくる！」

「うん、わかった」

借り物競争で先を急ぐかのように各自違う方向へと走り出し——数十分後。

回廊のランプには、新築の巣がぶら下がることとなった。

土台は就任式の頃にもらった祝い花に使われていた花籠。ちょうどハンドルつきのものをとってあったのを思い出したのだ。そこへ白野が調達してきた古いカーテン生地を裁ち、底上げ兼クッションの代用にした。その上にもとの巣ごと慎重に雛を入れ、ブラケットランプの支柱部分に頑丈な麻紐で極力ぐらつかぬようくくりつけて完成。

「在臣、すごい……！」

まさに揺り籠となった巣を見上げながら、白野は目を輝かせた。

雛たちが再び元気に新居から顔を覗かせ、親鳥が戻ってくる。今の時代、だいたいの灯かりといったらガスかオイルだ。石油ランプの仄かな光に照らされて、壁には影絵のように親子の姿が映しだされた。

「よかったな」

「うん、よかった……。ありがと、在臣。やっぱり家族は一緒がいちばんだ」

普段は表情の乏しい白皙の面が、ふわりとほころんだ。

（あ――……）

胸の奥が痛む。

いつから、どうしてこうなってしまったのだろう。

白野が家に来て以降、在臣は毎日彼の部屋へと赴いた。冬休みだったので時間はいくらでもあった。

白野は何もしゃべらなかった。しゃべれなかったのかもしれないが、まず口を開こうとしなかった。

在臣は数日ほど黙って一緒にいた。

そのうちただ横で絵本を朗読したり、おもちゃのピアノを弾いたり、外であった出来事を話したりした。

時には母と作ったお弁当を持ち込み、お茶を淹れて白野にも勧めてみたが、やはり手さえ伸ばそうとしなかった。

名前はわからないまま。騎士団の調べた船の記録から、海を隔てた月詠の大陸にある天原の国出身なのではないかと見当がついたくらいだった。

半月もすると首を振る程度に反応するようになり、在臣は白野の気持ちがずいぶんとわかるようになった。

部屋へ入った際に目を細めるのは、挨拶みたいなもの。絵本を読むと、音を出すと、話をすると、獣耳はちゃんとこちらを向く。機嫌がいい時は尻尾を立てるか、大きくゆらゆらさせる。

学校が始まってから白野が日中どうしているかを母に尋ねると、どうやら窓辺に座って在臣の帰りを待っているらしかった。

『帰ってくる在臣の姿が窓から見えると、あの子俯いて尻尾をいじりだしてね、「別になにも気にしてませんでしたけど」みたいなそぶりをするの』――こっそり教えてもらった時の気持ちったらない。かわいすぎて涙がでそうだった。

休みの日はなるべく一緒に過ごした。自宅の庭の小さな木製ベンチに並んで座り、ひなたぼっこをした。

『自分の名前、覚えてる？』

質問に、白野は少しの間のあと首を横に振った。攫われた時やそれ以前の記憶が、ショックを受けたせいで抜け落ちている――両親からはそう聞いた。つらいことを切り離して、自分を護ろうとしたのだと。

けれど在臣は覚えているのではないかと思った。

なぜなら白野は時折そっと人差し指を握ってきた。遠い何かを思い出すように。小さくあたたかい手が何度も自分の指を握ってゆるめてを繰り返す感触は、くすぐったく切なかった。

――だから少なくともきっと、兄弟のことを忘れてはいない。何もかも全部を忘れたわけではないのだ。

それでも名前を口にしないのなら、つけるしかない。そうでないとさすがに呼びにくかった。家族のことを「ねえ」とか「きみ」と呼び続けるのは、なんだか変だ。

ある朝、目覚めると外は一面の雪景色になっていた。

在臣は白野の部屋に真っ先に駆け込み、「雪だよ！」と叫んだ。白野はびっくりして尻尾の毛を逆立てたが、開いたカーテンの先を見るなり窓際に釘付けになった。在臣も黙って隣に腰を下ろした。

『——はくの』

『？』

『きみの名前、「はくの」はどうかな。白い野原で、白野！　今日みたいな真っ白で綺麗な景色と一緒だよ！』

たぶん、「うん」とか「はい」と返事をしたかったのだと思う。

白野の唇からこぼれたのは、ざらざらでかさかさの「ぴゃあ」という音。

在臣にとってはじゅうぶんすぎるほどの返事だった。

五十嵐在臣は五十嵐白野を愛している。

家族として——そして男として。

(だけど、だって理王、考えてもみろよ)

昼の会話を思い返しながら、在臣は白野と肩を並べて水晶宮(すいしょうきゅう)への道を歩く。

(——ある日突然、家族として二十年近く一緒に暮らしてきた——兄と思っていた奴から、「これまで長いこと恋愛感情を持って接してました」なんて言われてみたらどうだ？　気

持ち悪いだろ。下手すりゃそれまでの年月が台無しになっちまう）

万が一、白野にその気があったとしても、それはあくまで性成熟さえ迎えていない彼が知る範囲での思慕（しぼ）のはずだ。

こんな獣みたいに獰猛（どうもう）なものじゃない。

きっと裏切ることになる。傷つける。

（……俺はさ、白野に拒絶されたとしても、じゃあまたもとどおり兄弟として過ごそうなって言えるよ。けどこいつにとってはきっと不可逆だ。一度言って失敗してしまったら、白野はきっともう二度と俺を家族だと思ってくれない。だからって俺や五十嵐の家を捨てることもできないだろう）

自分の想いひとつで、孤独の底からようやっと這（は）い上（あ）がってきた白野をまたひとりぼっちにしてしまうなんて――

（できっこない）

「あの、在臣……」

「ん？」

空にはところどころ薄く雲がかかっているが、星が綺麗に見えた。白野も、地上に墜（お）ちた星のように淡く光っている。白銀の髪が風になびき、白い尾の先が小刻みに泳いで在臣の脚に触れた。

「あのな、えっと……」

何か言いたいことがあるのに、うまく言えないのだろう。こういう時は頭を撫でてやるといい。

「なあ、白野」

「ん？」

「今晩、一緒に寝るか」

「え」

「最近お前全然こっち入ってこないから、兄ちゃん寂しいぞ」

おどけて言ってみせると、白野は何やらもごもご口ごもり、けれど最終的には「うん」と頷いた。

我ながらずるいと思う。

兄弟関係を理由にすれば断られない。知ってて誘っているのだから。

部屋へ戻ると交代で風呂に入った。これも以前なら時たま一緒に入浴していたのだが、最近になってぱったり途絶えている。寝床に入るのもなんだか妙にぎこちなかった。久しぶりで緊張しているのかなんなのか、枕を両腕で抱きしめてベッドの横に立ち尽くす姿があまりにも愛らしくて、気を散らすために腹筋をした。そうしたら手伝いのつもりだろう、白野は足の上にぺたんと乗ってきた。危うく息の根を止められるところだった。

「おやすみ白野」

「……おやすみ、ありおみ」

一般的な三十手前の男同士が、いくら兄弟だからといって同衾などしない。在臣は知っていて続けていたが、白野は知らないまま当然のようにしていたところがあった。

(変だって、思うようになったのかな)

もしかしたら白野にも、少し遅い巣立ちの時期がやってきたのかもしれない。在臣は先ほどの燕の雛を思い出しながら、鼻先に触れる獣耳にそっと唇を落とした。

それでもこんな風にしていられるのはきっと家族としての信頼あってこそだ。決して壊してはならない。残り時間が少ないのなら、なおさら。

間近で「弟」の安らかな寝顔を眺めながら、在臣は眠れない夜を過ごすのだった。

3

夏は白野にとって試練の季節。もともと標高が高く気温の低い地方の生まれなので仕方ないとはいえ、今年は特にきつかった。軽く三十度を超える日が続き、休憩時間ごとに石の床で腹ばいになったり水を浴びたりする羽目になった。

さらにもうひとつ、困ったことがあった。

日に日に在臣の輝きが増している（ように見えた）のだ。

在臣も白野に負けず劣らずの暑がりで、ことあるごとに上半身裸で部屋をうろうろする。惜しげもなく曝される鍛えあげられた肉体。見慣れていたはずのそれが、どうしてだか直視できなくなっていた。

匂いもいけない。

なめし革のような肌と青みがかった黒髪からは、いつもよい香りが漂っている。白野はことさら嗅覚が敏感なので、在臣の匂いが昼と夜では違うことを知っている。まるで上質な香水のごとく、時間を追うごとに香りは変わる。朝に湯を浴びたあとは石鹸のシトラスと、すうっと鼻の奥を通る爽やかな森の緑。それがだんだんと深く濃くなってゆき、一日の終わりには麝香やアンバーにも似た甘くとろりとしたものになる。

あちこちに染みついたその匂いに、今さらながら戸惑うことが多くなった。

在臣はどぎまぎする自分へ「どうしたんだよ」と笑いかけてくれるけれど、内心変に思っているかもしれない。

平常心を保たなければ。就任式のあの日、今後は在臣の従者としての務めに徹すると決めたではないか。

淡い恋心は封印した。

――にもかかわらず、在臣は無防備な恰好を隠そうともしない。

いや、在臣は悪くない。悪くないのだが、寝起きの素肌にシャツだけを羽織るのはやめてほしい。前ボタンを留めないのはやめてほしい。さらにそのまま胡坐を掻き、ベッドの上で伏し目がちに本など読みださないでほしい。

ハラハラとドキドキと暑さで、大半茹だったような夏だった。

(でっ、でももう九月だし、そろそろ在臣もちゃんと服を着――)

「なあ白野、俺のインナーシャツ知らないか?」

「ぴにゃあ⁉」

――まだまだ残暑厳しい日は続きそうだ。

狼谷灯里は白野にとって数少ない友人である。士官学校で知り合って以来の仲で、獣人ならではの悩みを相談したり、ふたりでお茶をしたりする。

今日も連れだって市街地へ出かけ、互いのおすすめの店で紅茶の茶葉や菓子、食材などを買いこんできた。せっかくなので軽食やケーキも作り、買ってきたものとあわせて試食会をしようと厨房も借りた。

そういうわけで、灯里（と理王）の部屋のテーブルにはアフタヌーンティーの準備が調っている。

主たちは懇意にしている楽団の招待を受け、朝から留守。灯里に一緒に行かなくてよかったのか訊くと、上流階級が着飾って集まる場は苦手だと返ってきた。

『滑稽なもんさ。偉い人らのほうがよほど獣人だの身分だの気にしやがる。どいつもこぞって側近に珍しい獣人をつけて、アクセサリーでも見せびらかすみたいに自慢ばかり』

獣人としては破格の家柄である狼谷家とその長子である灯里は、ちやほやされるのと同じくらい、心ない言葉も投げつけられてきたという。

――獣人のくせに。

──獅峰家の下僕として飼われているだけなのに。

幼い頃からしょっちゅうだったので、もう慣れっこだと彼は笑った。

白野も覚えがある。多くは士官学校で。優しく立派な人もたくさんいたが、「獣人の分際で」「どうせ珍しいから拾ってもらえたんだろう」──そう言われたことも少なくない。華奢な体軀を揶揄して「体で取り入ったのでは」と嘲笑さえされた。つらくはあったが、怒りは湧かなかった。そんなものに時間をとられるくらいならば、少しでも在臣の役に立てるよう、五十嵐家の恩に報いられるよう努力するほうがよっぽど重要だったからだ。

「灯里の作るシェパーズパイはいつもおいしいな」

「お、嬉しいねえ。たくさん作ったからどんどん食べて」

スパイスのきいたミートソースになめらかなマッシュポテトをかけ、オーブンでこんがり焼いたパイは理王の好物でもある。

白野が作ったのはいちじくのシフォンケーキ。種のプチプチとした食感と果肉のやさしい甘さが在臣に好評だった一品だ。酸味のあるベリーソースやアイスクリームと合わせてもいい。

購入したものにしろ作るものにしろ、どれも自分たちだけではなく主の好みが反映されており、離れていても考えるのは結局それか、と笑いながら顔を見合わせてしまう。

シフォンケーキは灯里の口にも合ったようで、理王用にと切り分けている最中「オレももう一個ほしい」と懇願された。もちろん断る理由はない。灯里がそうしたように、在臣専用のものはワンホール別に用意してある。

「——そういえばさ。最近、在臣さんとケンカでもした？」

「ううん、してないぞ」

そろそろお腹もいっぱいになってきた頃。予想もしていなかった質問に、白野は目を丸くして首を振った。

「ふうん……？　な～んかこのところずっとぎこちなく見えるんだけど。ほら、オレがあいう感じで副団長頼んじまったから、それでなんかあったんかな～とか、いちおう心配なワケで」

長めの前髪から覗く黄金の瞳。光り輝く美丈夫といった印象の理王に対し、灯里は端整でありながらどこか凄味のある野性的な雰囲気をまとっている。それでもって出逢った当時から今と変わらぬ長身だったため、最初かなり緊張した。

付き合ってみるとこのように、めんどくさがりなところがあるものの、実はよく気のつく兄貴肌だったのだが——少々察しがよすぎかもしれない。

「何もないし、灯里が気にすることでもない」

灯里が原因ではないと言いたかったのだが、突き放した言い方に聞こえただろうか。慌てて顔を上げる。灯里の表情に不快さはない。ただ驚くほど真剣な様子だった。

「──なあ、白野お前、このまま在臣さんにずっと言わないつもりなのかい？」

何を、とは聞き返さない。

──『お前、恋してるんだな』

昔、秘めていたどころかまだ自分でも知らなかった気持ちを暴いたのは、まさに灯里その人だったからだ。

そして彼も──かつては叶わぬ恋に身を焦がす獣だった。

「っ……言う気なんて、ない。考えたこともない、よ」

「本当に？」

「ほんとうだ。だって、そんな……在臣に、この気持ちを知られたら……。申し訳なくて顔向けできない」

「あのなあ……」

灯里はもどかしげにぐしゃぐしゃと自身の髪を掻き混ぜる。

「兄弟だからか？　それとも主従だから？　気持ちを伝えたとして、在臣さんがお前を傷つけるような反応するわけないって、むしろ白野が一番わかってんだろうに」

「うん──。……だからだめ。在臣を困らせるし──へたしたら父さんや母さんも困らせる。だから余計に、絶対に、だめ。それにもういいんだ。その……まだうまくしまえてないかもしれないけど……。でも、自分で決めたこと。ごめんね、灯里。……ありがとう」

声は細く、言葉はつたない。だが灯里はおよそ言いたいことを察してくれたようだった。

「あー……そういうことか。……こっちこそ悪かった。お前の立場知ってるはずなのに――無神経なこと言っちまった」

「う、ううん。灯里には感謝してる。在臣に言わないでくれて」

「……自分も似たような立場だったからな。人づてにバレるなんて考えただけで毛が逆立つわ」

嫌な想像を振り払うかのように、黒い尾がパンパンと強く揺れた。

灯里と白野がうまくやっていけているのはこの距離感のお陰もあるだろう。彼は必要以上に踏みこんでこない。声をかけて助言はしても、決してこうするべきだと強要はしない。かといってまったくの傍観者に徹することもなく、たまに背を押してくれたりさりげなく励ましてくれたりする。

「灯里はやさしいな。理王が惚れるのもわかる」

「ハッハー、それ理王に聞かせてやりてえ！　きっと『惚れてるのは俺じゃなくてあいつのほうだ！』って言うね。間違いない」

長い毛足に覆われた大きな三角耳に手をあててみせる灯里は嬉しそうだ。

そう、彼のパートナーはあの理王。

幼い頃から従僕として仕えてきた獅峰家の嫡子に、灯里は恋をしたのだった。

白野はふとしたことがきっかけで、ふたりの関係を知ってしまった。在臣への気持ちを指摘されたのもちょうどその頃だったと記憶している。

恋心を自覚した時、いったいどんな気持ちだったのか。一度だけ聞いたことがある。

『この世の終わり』

灯里は薄く笑って言った。

『もうオレの人生詰んだ、って思ったね。だって普通に考えたら叶わないし、ありえない。最初は勘違いだと思おうとして……そうじゃないってわかった瞬間――殺そうとした。なかったことにしようとした。だけど同時になぜか、泣くほど嬉しかったんだよ。ああそうだ、この気持ちは、ずっと胸の奥でくすぶってた気持ちは、これだったんだ――。そう思ったらなんか、世界中のなにもかもがきらきらして見えて。苦しいのにめちゃくちゃ幸せで……――諦めたくなくなった』

やがてチャンスは巡ってきて、灯里の恋は成就した。

彼らは対等かつ絶大な信頼と愛情で結ばれている。普段は従僕として一歩下がり傅いている灯里だけれど、プライベートではふと呼び捨てにしているところなど、恋人らしくとても微笑ましい。

こんな風になれたらな、と夢見たことも正直あった。

獣人と人間という種族の違いや身分の違い。男性同士であること。幼少期から一緒に過

ごした主従――。共通項だって多い。

けれどやはりまったくの別なのだ。灯里と自分は違いすぎる。一緒にしてはいけない。

思考の海に沈みかけたところで不意に灯里が身を乗りだし、白野の前ですんすんと鼻を鳴らした。

「どした?」

急に近づいてきた高い鼻先を見ようとして、思わず寄り目になる。それを見て灯里は軽く笑った。

「――つかぬことを聞くけども、白野。お前、発情期は……」

「きてないぞ」

「……気のせいか?」

「?」

「いや、なんかいい匂いしたからさ」

獣人には数か月に一度、一定の条件を満たした場合のみ子作りをしやすい時期が訪れる。動物の場合は雄なら繁殖期、雌なら発情期と呼び分けられているが、獣人は一括して発情期と呼ばれる。灯里が言ったのは、発情期の獣人が発する微かな香りのことだろう。

「発情期……か」

人にはなく、獣人だけに訪れる現象。

その時期ならではの悩みも多いと聞くし、実際、そういった苦労を目の当たりにしてしまったこともある。

それでもうらやましく、憧れる。

——誰かを求め、愛する証。

「おれには、やっぱりもうこないのかな」

尻尾を握り、思わずぽつりと呟いた。

獣人にとっての性成熟は、まず男性なら精通、女性なら初潮があること。そして発情期を迎えること。一般では七、八歳頃までに前者を経験し、十歳前後で初めての発情期に入る者が多い。

掟により十歳が成人と定められているが、性成熟を迎えてこそ一人前の獣人——本当の「大人」といえる。

けれど白野に発情期はこなかった。遅まきながら訪れた精通のあと、胸をときめかせ待っていたのに。いつまで経っても、今になっても、くることはなかった。

それがずっと引っかかっている。在臣や両親は大丈夫、白野は立派な大人だと言ってくれる。

ならば、どうして。

好きな人もいるのに、どうして。

自分自身に「お前は未熟だ」と言われ、大切な恋心さえ否定され続けているようだった。育ちきらない体と同じ、できそこないのみすぼらしい——雄にもなれない雄だと。

「白野——」

「あ、ごめん、灯里」

「オレこそごめんな。あとで反省会開かねーとだわコレ」

「そんなことない。こういうこと話せるの、すごく助かる。在臣には話せないもん……。——でも……匂い。匂いなら、おれより……在臣がいい匂いするんだ。なんでだろう」

「在臣さんがいい匂い？」

首をひねる灯里に、白野は頷いてティーカップを手にとり、香りを吸いこんでみる。

いつもどおりの芳香。強くも感じない。

嗅覚自体が過敏になったわけではないようだった。

在臣の匂いにだけ鼻が——体が反応する。四肢が痺れるような、わけもわからず目がうるんでしまうような匂い。

（怖いけど、やさしくて甘い）

思い出すと胸が疼く。

「気のせいだな、きっと」

先ほどの灯里の言葉を真似て笑う。雲のような食感のケーキと、ミルクを垂らしたセイロンティー。噛んでいるうち、何もかもが混ざって溶けた。

十月のはじめ、毎年恒例の秋季合同演習——三騎士団が合同で行う武術訓練が開催された。

鍛錬場は熱気と活気に満ち満ちている。いつものことながら在臣は先輩後輩自他団問わず引っぱりだこ——というより、引っぱられる前に自ら首を突っ込んでいく。素振りの音を聞いただけで「力みすぎて左肩が上がってる」などと言いだすのには、さすがの理王も畏れ入ると肩をすくめるほど。

先ほどなど珍しく灯里と在臣がやりあう場面もあった。普段は何かと理由をつけて訓練をサボる灯里だが、あれでも獣人の中では一、二を争うほどの使い手と恐れられている。

勝負は灯里が闘技場から降り、半ば強制的に終了となった。

「灯里貴様ァ！　在臣相手に尻尾を巻いて逃げ帰るとはなにごとだ！　この俺の右腕にあるまじき醜態……！　稽古をつけてやるからこっちに来い！」

「ええ～、勘弁してくださいよ。休憩休憩～！　だいたい在臣さんとあれ以上やったら、オレの尻尾ちょん切られちまいますって」

「わはは！　そうは言うが、灯里相手に耐久戦は絶対俺のがヤバいと思うぞ！」

言い合う理王と灯里を横で、在臣が呑気（のんき）に笑う。

「うっは〜！　かっこいい！　灯里さまのリーチえっぐいのに、在臣さまどうして避（よ）けられるんだ⁉」

「すごいよな〜！　獣人とまともにやり合える人間なんて、在臣さまと理王さまくらいだろ」

「獣人といえば、白野さまのさっきの試合見たか？　あれは一見の価値ありだったぞ――」

よく聞こえる白野の三角耳には、さっきから称賛の声がひっきりなしに飛びこんできていた。時折自分の名も挙がるが、在臣を見ているとまるで比べ物にならない。

てのひらを開いて握る。身長が伸びなかったわりに手足はそこそこ大きくなったが、そうはいっても知れたものだ。持てる武器は限られる。できることも限られる。

どこか迷いが残ったまま。けれど立ち止まっている暇はないと、稽古に励（はげ）んだ。

二時間近く経っただろうか。休憩を取っていたところに、在臣がやって来た。

「おつかれ、白野」

「おつかれさま、在臣。はいこれ」

用意してあった飲み物を手渡すと、主は礼を言ってそれを呷（あお）る。ごくん、という音。尖（とが）

った喉仏が大きく波打つのがやたら鮮明に目に映った。

「うっま！　蜂蜜レモンだ！」

「うん。在臣の好きなやつ。熱中しすぎて水分補給、忘れないようにね」

「ありがと、気をつける。普段なかなか他の団長クラスとは仕合えないからな〜。つい楽しくて」

　いたずらっぽく笑いぺろりと舌で唇を舐める姿は、まさにやんちゃ坊主といった風情だ。つられてこちらまで笑ってしまう。

「な、白野は今日誰とやったんだ？」

「おれ……？　おれは、舞弓団長のところ……。千部さんに相手してもらった。初めてだったけど、強かったぞ」

　舞弓弦音は春雷の騎士団の団長だ。歳は確か理王や在臣より四つか五つほど上。黒髪に黒い瞳の、物腰の柔らかな人物である。

　側近は千部箏矢といい、白野と同じくらい珍しいチベットスナギツネの獣人だった。

「確かお前と同郷――だったっけ」

「ん。天原の出身だって」

「そっか」

　記憶にはほとんど残っていない故郷。千部とは日ごろ挨拶を交わす程度の間柄だったが、なんとなく懐かしい匂いがすると思ったことがあった。

千部も同じように感じていたらしく、幾らか打ち合ったあと少しだけ言葉を交わした。

ふるさとを離れ、この国に根を下ろした者同士。

「『お互い表情ないですね』って話をしたぞ」

在臣がブフォと咳き込む。そうなのだ。褐色の肌に灰茶の髪をした千部は、柿渋色の切れ長の目をしていてほとんど表情を変えない。

『普通に喜怒哀楽はあるし、頭の中ではいろんなこと考えてるんすけど、なにぶん口下手なうえ顔にでなくて……少し、困るっす』

と呟く顔も、やはりスンとしたまま、まるで困った風には見えなかった。

「あはは、千部さんおもしろいな。実は俺もほとんど話したことはないから、びっくりだ」

「そうなの？」

「いつも俺ばっか話しかけて終了してる。まあ、尻尾や耳で答えてくれるからあんま気にはしてなかったんだけどさ」

「……千部さんも言ってた。在臣はいつも優しくてこっちの言いたいことわかってくれる、って」

在臣が褒められると自分も嬉しい。

——そのはずなのに、なぜか胸の奥がちくちくと痛んだ。

「そんなたいそうなモンじゃないって。ただのカン」

けろりと言った在臣が手を伸ばしてくる。

「よーし、白野。久しぶりにひと試合やろうぜ」

「うん、いいよ」

ふたりが向かい合うと鍛錬場がざわついた。

「在臣さまと白野さまだ……！」

「あのふたりの試合なんて珍しい！　しかも在臣さまが使うの刀じゃないか⁉」

苦手な喧騒(けんそう)に耳と尾が反応するが、意識を集中させる。外の世界を遮断する。

「行くぞ、白野」

「来い、在臣」

——幼い頃、唯一在臣に勝(まさ)っていたものが武術だった。獣人なのだから当然といえば当然なのだが、白野には才能があったらしい。他の獣人と比べてもずば抜けて強かった。腕力や脚力に反射神経、どれをとっても一級品。

『白野はすごいなあ。全然敵わないや』

いろいろな知恵を授(さず)けてくれた在臣に、そう言って頭を撫(な)でてもらえるのが嬉しかった。

だがそんな時期はすぐに終わりを迎え——。

「――ッ……！」

持っていた訓練用のククリナイフが在臣の鋭い蹴りに弾き飛ばされる。まさに剛槍のような一蹴に、身がすくむ。

彼の恐ろしいところは尋常ではない素早さだ。ともすれば鈍重になりがちな長躯であるのに、まるでしなやかな獣のように奔放に駆け、どんな体勢からでも襲いかかってくる。灯里が「あの人ホントに人間か？」とぼやくのも頷けるというもの。

加えて武器や道具の扱いが抜群に上手い。彼の手にかかればそこらへんの調理器具や文具だって凶器に変わるだろう。

そして最後は状況判断。今、どこに何を叩きこめば相手が戦意を失うか、それを最速最短で考え実行に移すことができる。

人間、獣人問わず、誰もが驚嘆し羨望する最高峰の武人――その力を思い知る。

ああ、でも、いつの間に――

（いつの間に、こんなに差がついてしまったんだろう）

せめてとばかりに返した拳を、在臣はこともなげにスイと下がってかわした。

次の瞬間、眉間に銀の閃きが落ちる。

ほんの数センチ目前で止まった切っ先に、作り物とわかっていながら膝から力が抜けた。

「負け、ました」

微かな敗北宣言と同時、緊張で静まり返っていた鍛錬場が割れんばかりの歓声に包まれる。

「ありがとうございました。……大丈夫か？」

「ありがとうございました。うん——、ごめん、なんともない。強くなったな、在臣。もうおれじゃあ全然敵わない」

差し伸べられた手を握ると、体がふわりと浮くような感覚があった。——助け起こされたというよりはほぼ持ち上げられてしまった。自分の体重が軽いとはいえこれはどうなんだろう、と白野は肩を落とす。

「なーに言ってんだよ。白野は今も昔も、俺のお師匠様だぜ？　やっぱお前とやるのが一番楽しい！」

「…………」

大きな手が頭にかぶさる。熱く、厚いてのひら。耳ごと髪をくしゃくしゃと掻き混ぜられるのが大好きだった。

「おれ、もう子供じゃないぞ」

けれど人前で撫でられるのはなんだか落ち着かなくて、首をゆるく振って逃れる。在臣は一瞬きょとんと目を見開いた。

「あ——」

それが何かひどくいけないことをしてしまったようで、白野は口を開きかける。「ごめん」――と、

「ごめんごめん、つい」

言おうとしたのに、先に謝ってきたのは在臣のほうだった。

「白野がかわいいから」

「かわいくない」

「怒るなって」

「怒ってない」

やっぱり謝らなくてよかった。頰と尻尾を膨らませる白野だった。

在臣はそれからもほぼ休むことなく団員たちの指導に当たり、白野も休み休みではあるがたくさんの団員と剣を交えた。

足さばきを教えてやった獣人の新入団員数人に「憧れだったんです」と言われ、在臣のことかと思ったら自分だった時はたいそう驚いた。

――在臣の腹心、強く寡黙な雪豹の騎士。

そんな風に思ってもらえるのはくすぐったくもありがたい。

だが同時に心苦しくもあった。

「なんだお前たち。今帰ったのか」

「あはは……片付け手伝ってたら遅くなっちまって。お前たちは温泉？」

寮に帰るとちょうど風呂上がりの理王と灯里に遭遇した。自室にも浴室はあるのだが、大浴場は温泉を引いていて疲労や怪我にも効能があるため利用者も多い。

「そうだが。……お前、姿が見えないと思ったら……。人助けはいいが、甘やかしすぎるなよ。片付けも立派な役割だからな」

「あ～、だな。気をつける」

「フン、まあいい。今なら貸し切りだぞ。せっかくならふたりで入ってきたらどうだ」

「だって。どうする？　白野」

尋ねられて、少し躊躇する。大浴場に行くことは滅多にない。時間をかけて丁寧に体を清めたくても、周りに人がいるとどうしても焦る。なにより、服を着ているならまだしも、十代の頃から時が止まったままの体をあまり多くの人目に曝したくはなかった。

けれどここで断って、在臣が「じゃあ俺も部屋風呂でいいや」と言いだしては困る。本日の敢闘賞には存分に疲れを癒してもらわねば。

（誰か来たら上がればいいんだし――）

――と思って頷いたのだが。

「白野、背中流してやるよ」

「えっ、う、ううん、いい、そんな……」

なぜだろう、恥ずかしい。

今ここにいるのは在臣だけだというのに、妙に居心地が悪かった。

「なんで急に。今さら水臭いこと言うなよ～。もしかして久しぶりだから照れてるのか？」

不思議そうに見つめられてひやりとする。これではかえって怪しまれてしまう。

何か言わないと。確かに在臣とふたりで入浴するのは久々だ。きっとそのせいで――。

「気にするなって、俺たち家族なんだし」

「――――」

心臓に氷の棘が刺さった気がした。

（？）

当たり前のことを言われたのに、今どうして自分は違和感を覚えたのだろう。

これまで――在臣への気持ちを自覚してからでさえ、家族や兄弟と言われてこんな気持ちにはならなかった。むしろ喜んだはずだ。彼にとって最も近しい存在でいられることを。

（あれ、おれ……〝何〟になりたがってるんだ……？）

形容しがたい焦燥感に襲われる。尾の先に火でもついた気分だ。その火がのぼってくる前に、違うことを考えなければ。

「えと、じゃあ、先に在臣の背中洗わせて」

「ん、おう。じゃあ、頼む」

一心不乱に泡立てたせいで、在臣の背中はそれこそ雪豹の冬毛もかくやというほどこんもり白い泡で覆われた。

そのあと白野も洗われたが、在臣は鏡で自分の姿を見て感動していた。

はなく素手で背を撫でられ、緊張であまり覚えていない。最後、湯で流す際にタオルで尻尾が暴れないよう摑んでいるので精一杯だった。

「ふあ～！　でっかい湯船もたまにはいいな」

「ん……」

広い空間に在臣の気持ちよさそうな声がこだまする。

「在臣」

「なんだ？」

「……体、ちょっとおっきくなったか？」

思わず口をついてでた言葉に、少し焦る。背中を見た感想だったのだが、変な風に取られなかっただろうか。

「うそ！　俺、太った!?」

「ちち、ちがう。そっちじゃなく、あの、あれだ、かっこよ……、えと、がっしりしたかなって……！」

必死の弁明は功を奏し、在臣は「なんだびっくりした」と上気(じょうき)した顔をほころばせた。

「きちんと食事とって動いてるから自然に筋肉ついたかな。……というか、白野が気をつかってくれてるお陰だよ。ありがとう、いつも助かってる」

「う、ううん……」

昔から集中すると寝食さえ忘れがちになる在臣のことだ。副団長になってからいっそう忙しくなり、放っておくと食生活が乱れそうだったので、そこはじゅうぶん注意した。夏は暑さで食欲が落ちがちだった白野自身、在臣の夜食や間食を用意がてら栄養補給ができて一石二鳥だった。

「でも、お前はちょっと痩(や)せてないか？」

「そうかな……？」

心配そうに顔を覗きこまれ、自分の体に視線を落とす。白く骨ばった筋(すじ)っぽい体。在臣と比べると、どうしたって貧相に見える。

……もっと、ちゃんと釣り合うような体になりたかった。

（兄弟としても、主従としても……）

在臣のような大人の男性になりたかった。

「もう少し食べて冬に備(そな)えないとな」

「う——、ンっ……」

声につられて顔を上げた白野は、とっさに息を詰めた。

湿った黒髪が束(たば)になって額(ひたい)にかぶさり、その隙間から美しい青の双眸(そうぼう)が覗いている。瞳の中の自分が見えるほどの間近。湯の匂いとは違う、どんなに洗い流しても消えることのない在臣の香りが鼻腔(びくう)を満たし眩暈(めまい)がした。

甘酸っぱい果実を頬張った時のように、口の中にじゅわりと唾液(だえき)が溢れた気がして咽喉を鳴らす。

(おとなの、おとこのひと)

当たり前の言葉を、新鮮さとともに反芻(はんすう)する。

(そう、だ。そうだった。在臣は大人の——)

自分でもなぜそんなことを改めて確認しているのかわからない。

ぶるる、と獣の胴震いと同じ要領で頭を振る。頭や心に詰まった得体の知れない感情を、水滴と一緒に弾き飛ばす。

「あのな白野」

「なに?」

濡れた髪を掻きあげた在臣は、白野の目を見つめて微かに首を傾(かし)げて笑んだ。

「俺が強いのはお前のお陰なんだからな」

「……?」

自分が在臣の師匠だという話だろうか。

そこまで言ってくれるのをわざわざ否定はしないけれど、どう応じていいのかわからず沈黙で返すしかない。

在臣も特に返事を求めているわけではないようだった。

「そろそろ上がるか」

「……うん」

風邪を引かぬようタオルでしっかりと水気を拭きとって部屋に戻る。在臣は鼻歌混じりに髪や尾をブラッシングしてくれた。こればかりはどうしても自分でやると言いだせなかった。


在臣のベッドの脇には大きな出窓と作りつけのベンチ、それから書斎机代わりの小ぶりなテーブルがある。

白野が明日の服を準備してから（インナーシャツがあるかどうか入念に確認した）寝室へ向かうと、在臣はそのベンチに座り、開封した封書に目を通していた。

「在臣、まだ寝ない？」

「ん～、ちょっとこれだけ片付けときたくてな」

持ち帰り仕事は気が乗らない、とこれまでできる限り自室での執務は避けていたのだが、副団長になってからは夜遅くまで窓辺に座っていることがずいぶん増えた。

机と枕元のランプの光だけにしては明るいと思ったら、今晩は満月のようだ。開け放たれた窓からの風を受け、洗いざらしの黒髪が揺れる。

特別どうということはない日常の一場面。けれど近寄りがたい美しさがあった。

「今日は疲れただろ。先、休んでていいぞ」

立ち尽くしているのを寝ていいものか迷っているととったらしい。声をかけてきた在臣に、白野は「まだ起きてる」と首を振った。じゃあおいで、と嬉しげに手招きをされ、ちょこんと隣に腰を下ろす。まったくそうは見えないだろうが、気持ちとしては大喜びで飛びこんだつもりだった。

「……手紙？」

「ああ、いつものやつ」

在臣のもとにはたくさんの手紙が届く。付き合いのある家々からの季節の挨拶や、助けた人からのお礼の手紙、あとは応援や励ましなどがしたためられた――いわゆるファンレター。

さすがにつどつど応じている時間はないが、彼は用意したカードへ一筆入れたものを定期的に返すようにしている。

「俺たちも昔、一緒に書いたよなあ」

「在臣が書いてくれたな」

「白野も書いたじゃん」

瀕死の白野を救い出してくれた六花(ろっか)の騎士団に、ふたりで手紙を書いたことがあった。実際に文字を書いたのは九割がた在臣で、白野は教わったばかりの「ありがとうございました」しか書けなかったが――。

「返事がきた時は驚いたし嬉しかった」

「うん。すごく嬉しかった」

――『ふたりとも、心のこもったお手紙をありがとうございました。雪豹の子は白野くんというんですね。きみのこと、よく覚えています。生きていてくれて、元気でいてくれて本当によかった。こちらこそお礼を言わせてください、どうもありがとう――』

あとから聞けば事件の直後に両親も礼状を送っていたらしいのだが、一年後にひょっこり届いた子供たちからの手紙に、当時の副団長はいたく感激したらしい。

白野の無事を喜び、兄としての在臣を励ましてくれた手紙は、今も額(がく)に入れて部屋に飾ってある。

「まっさかそれが理王の親父さんだとは思わなかったけどな！」

「ね。……だから士官学校へ入って、いきなり理王が在臣に『決闘だー！』ってつっかかってきたの、びっくりした。……いろんな意味で」

「まあアレはアイツなりの『お友達になってください！』だったからさ……。まだ人見知りだった白野は驚いたよな……」

「うー……」

まったくだ。そう思ったら咽喉の奥から唸り声がでた。お小言がわりに尻尾の先でてしてしと座面を叩く。在臣はそれを見てからからと笑った。

何はともあれ、理王の父が騎士団に入るきっかけのひとつをくれたのは事実だ。そして在臣が手紙の返事をまめに書くようになったのも、彼ら親子の影響が大きい。

理王は士官学校時代からとにかく筆まめだった。どんなものにでも、きちんと返事をしていた。「俺はやられたらやり返す主義でな」となんだか微妙にニュアンスの違うことを言っていたが、とにかく人からの厚意にはすぐさま行動でもって返す男なのである。

「俺でコレなんだから、理王はどんだけすごい量書いてるんだろ」

「……理王、えらい」

「ホントだな」

ふたりで頷きあう。

「在臣も、えらいぞ。ごほうびにお茶を淹れてこよう」

「いいのか？　やった！　これで返事もはかどるぜ」

今のはちょっと自分のほうがお兄さんぽかったな、と白野はひとり満足した。

部屋でも湯を沸かす程度のことはできる。まだしばらく作業があるとはいえ、やがて訪れる眠りを妨げぬよう、体の温まるレモングラスとジンジャーのハーブティーを選んだ。

湯気をたてるカップをテーブルにそっと置くと、万年筆を走らせていた在臣がちらりと視線を寄こし「ありがとう」と呟いた。やわらかい声音に獣耳がぴくぴく動く。

既に作業に没頭しつつあるところだけれど、耐えきれずに小さく尋ねた。

「在臣、もう少しだけそばにいてもいい？」

手が止まる。

淡い光が、凛とした顔やぴんと張った首筋、腕の筋肉や手首のおうとつに美しい陰影を落としている。

「何言ってんだよ、白野」

いくらでもそばにいろ。囁いた兄の横で、白野は膝と尾を抱えてその姿を見つめ続けた。

4

十月末日には収穫祭が行われ、あっという間に十一月になった。

曙立は海に面し、山を背負った温暖湿潤気候の国だ。夏は暑くよく雨が降り、冬寒い。さらに山側と海側では気温の差がかなり大きく、山に近い王宮周辺には一足早く冬の気配が忍びよる。

水晶宮や翡翠宮をはじめとする大きな建物では、冬の訪れとともに地下の釜で火を焚きはじめる。それにより館中に張り巡らされた通路へと温風が送りこまれ、床下に敷き詰められた石板が熱を持ち、足元から暖かくなる仕組みだ。人間にとってありがたいぬくもりなのはもちろん、特に獣人には好評で、あえて床で寝るという者もいるほどである。

だが秋から冬にかけての寒くなりはじめの今は、まだ稼動していない。

（さむ……）

目覚めた在臣は毛布と羽布団をまとめてたぐりよせた。起きねば。だが寒い眠いお腹が減ったの三重苦が、どうにも体の動きを妨げる。

白野が恋しい。子供体温の体を抱いて、あのモフモフ尻尾を腹巻きのように胴に絡ませ、手をぬくめながらうとうとしたい。

寒さのためか、黒いまだらの散る尻尾はここ半月ほどで急激に太くなった。毛は長さの違う二重構造になっていて、指を差し入れると見た目以上にふっくらとした手触りだ。手で持ち上げてシーツの上に落とすと、凄まじく豊かな毛量と弾力にぽよんと跳ねるほどである。存在感が増したぶん、歩く後ろ姿もまた一段と愛らしくなった。

(――白野……寒くなってもやっぱこっちで寝ようとしないな……)

距離は置かれている。でも嫌われてはいない。四月以降、半年以上そんな調子だ。自分の副団長就任がきっかけだというのはわかるが、具体的にどういった心境の変化があったかまではわからない。幾度かそれとなく訊いてみたが、白野は「在臣が副団長になったからら」としか言わない。

なったから、何だというのだろう。

そして尻尾を噛んだり握ったりする回数が一向に減らないのが気にかかる。

「あー……でもとりあえず触りたいー白野の尻尾ー……」

「在臣？　呼んだか？」

タイミングが悪い。のろのろと体を起こしかけたところで、白野が浴室のドアから顔を覗かせ声をかけてきたので、在臣は一度シーツに突っ伏した。

「なっ——んでもないぞ白野。おはよう！　今日も寒いな！」

「おはよ、在臣。ずいぶん冷えこんでるから、あたたかくして行こう」

鼻先を寄せて挨拶をすると、「ひんやりしてる大丈夫？　暖炉つけておけばよかった」と目を丸くされた。朝一で浴びたのであろう、ほんのり漂う湯の匂いと、温かくすべらかな肌。今までならここで白野を抱きしめ、獣耳に鼻と口を突っ込むところなのだが我慢する。

既にきちんと騎士服を着込んだ白野の姿は清浄な朝の空気に溶け込んで、見ているだけで心が洗われるようだ。

ブラックシャツとホワイトタイは全員共通。ただ純白のジャケットに関しては意外と自由度が高い。多くはウエストにベルトのついた半コートタイプのものを着用しているが、理王の団長用マントを兼ねたロングコート、白野のフードつきのケープジャケット、在臣や灯里のシンプルなダブルボタンジャケットのようにいろいろな型がある。

「俺、白野のその恰好好きだな。雪の精みたいで」

その言葉にぴこん、と尻尾が跳ねたあと、面映ゆそうに大きく振れた。

「在臣、ちゃんと副団長のマントするんだぞ」

「ええ～……」

腰のあたりまでの丈とはいえあまり好みではない装備品を手渡され、在臣は思わず顔をしかめる。

「なんかひらひらして落ち着かないんだよなあ。せめて夏の申し訳程度のワンショルダーのやつに変えてくれよ～！　あれはあれでまあ普通に邪魔だったけど！」

「……かっこいいのに」

「……白野がそう言うならする」

現金極まりない。理王は威厳を保つには見た目も大事だと言うが、そういうのはさっぱりわからない。ただ白野がいいと言うなら、かっこいいと言うならば着けよう。そういう兄馬鹿くらいは許してほしい。

「でもジャケット着たままナプキンせずにトマトソースパスタ食べちゃだめ。次やったら、来年まで食堂ではトマト系の食べ物ぜんぶ禁止する」

「こないだのことやっぱ怒ってるんだな白野！　あれはごめんて！」

白野がすぐさま徹底的にしみ抜きしてくれたお陰で命拾いした一件。だがそもそも食堂に飛び散り必至な魔のメニューがあるのがいけない、と幼稚な抗議をしてみる在臣だった。

「よ～し、気を取り直して朝ご飯食べに行くか！　あったかいものがおいしい季節だ！」

「おいしいけど、食べるのに時間かかる……。在臣は食べたら先行っていいからな」

「はは、食事はひとりよりふたりのほうがおいしいって、いっつも言ってるだろ」

あつあつのスープを懸命に冷ましながら食べる白野を眺めるのも、在臣にとっては秋冬の風物詩のひとつ。身も心も温まる大切な時間だ。

ふたりは朝食を摂り、騎士団本部——翡翠宮へと向かった。


異変に気づいたのはそろそろ日が沈もうという頃。

「——なあ白野。お前、顔赤くない？」

届いた報告書を渡しに来た白野を見上げ、在臣は眉をひそめた。

「そう、か——？」

いつもなら氷のように淡然と澄んだ目が、心なしか充血してうるんでいる。役所に提出する書類のタイプ打ち作業を頼んでいたせいかとも思ったが、どうも違う。

「……昼まではなんともなかったよな。ちょっとおいで」

「う」

椅子から立ち上がり額に触れると、白野は目をつむって体を強張らせた。

「——熱っぽい。口開けて」

いちおう昔は母と同じ獣人の医者を志したこともあったので、診察の真似ごとくらいはできる。そう思って言ったのだが、なぜか怯え気味にうつむかれてしまった。せめてと思い首筋に触れても、やはりまた大げさに肩をすくませる。

「白野？」

どこか痛いのだろうか。

「あの、ごめん、在臣、おれ……」

「白野⁉」

数歩後じさった白野は苦しげに胸を押さえ、糸でも切れたかのように床にへたりこんだ。

慌てて駆け寄り、肩を抱いて助け起こす。

「――ぁッ！」

瞬間、か細い悲鳴が耳を打った。

白野自身、驚いて口元を押さえている。うろたえ方が尋常ではない。今にも泣きだしそうだ。頰はいよいよ赤く、ジャケット越しでも体が火照っているのがわかる。

その顔と体を見てすぐ、異常がただの体調不良などではないことを理解した。

「お、前……、もしかして……」

「っ、さわらないで……！」

胸を押し返してくる腕は、普段の白野からすると考えられないくらい弱々しい。これでいてなかなかの怪力なのに――今は猫が爪を立てる程度にも至らない。

浅い呼吸を繰り返す白野の白いスラックスの股間は、うっすらとふくらみを帯びていた。

「ちが、う、うそだ、こんな……」

「……とりあえず部屋戻るぞ」

勤務の終わりを知らせる夕刻の鐘まではあと三十分ある。しかしそんなものを待っていられるかと在臣は白野を抱き上げた。耳元で息を詰める音。「いやだ」と切ない声がする。

「おい理王」

壁際にある伝声管の蓋を指先で跳ね上げ空洞の向こうに呼びかけた。翡翠宮はあちこちがこの金属の管で結ばれている。古い建物ならではの設備だが、意外と重宝する代物だ。

『は〜いもしもし狼谷ですが。理王さま離席中なので伝言承りますよ』

のんびりした調子で灯里が応答した。むしろこちらのほうが好都合かもしれない。

「悪い。白野が体調崩したんで帰る。……時間ができたら説明するけど、明日出るのが遅くなるかもしれないから言っといてくれ」

『ありゃ、それはお大事に。確かに伝えときます』

「助かる。邪魔したな」

「い〜え」という返事を待たず、今度は肘で叩きつけるようにして蓋を閉める。耳のいい灯里相手に乱暴なことをしてしまったとわずかに後悔が過ぎったが、目の前の白野のほうが気にかかって仕方なかった。

コートハンガーに引っかけていたジャケットをこれまた器用に手先で取ると、白野に「前にかぶせてろ」と示して促す。白野はもう離してとも言わず、緩慢な動作でジャケットを受け取り、胸から股下を隠した。途中でひどくつらそうな表情を見せたが、理由はわからない。尻尾を手繰(たぐ)り寄(よ)せて鼻と口を覆(おお)っている。

「気分悪いか？」

「──……」

違うらしい。幸い終業時間前ということもあり、建物内は静かだ。翡翠宮も水晶宮も出入りの際に守衛へ声をかけたくらいで、それも白野の体調が……と言えば敬礼でもって「どうかお大事に」と詮索(せんさく)することなく見送ってくれた。

「白野、着いたぞ。……大丈夫か？」

ひとまずベッドに白野を横たえ、自分も浅く腰掛ける。スプリングが軋(きし)むと、獣耳が音の出どころを探るように動いた。

「……発情期、きたんだな」

薄く瞼(まぶた)が開き、中から濡れた水宝玉(アクアマリン)の瞳が覗く。

白野が長い間欲していた「大人の証明」がようやく手に入ったのだ。よかったと思う気持ちはあるし、祝福するべきだとわかっている。

なのに──

「なんだよ、白野。お前、好きな人できたのかあ！」

声が少し震えた。

獣人が発情を迎えるには、ふたつの大きなきっかけ(トリガー)がある。

ひとつは肉体の成熟。

もうひとつは、「この人と子供をもうけたい」と思える相手がいること。

すべての例がふたつの条件を満たしているとは限らないが、統計によれば両方がそろった者ほど早く発情期を迎えるという。

母から聞いた話だ。

人間と獣人が兄弟としてこれから成長していく上で話しておくべき事柄だと、医師である彼女は判断したのだろう。在臣と白野は並んで母の講釈を聞いた。

幼い白野はわけがわからない様子だった。それもそのはず、産みの親の記憶を失い——自分が誰かから生まれてきたという実感がなかったのだから。

ほとんど尻尾を「?」の形にしたまま。けれど最後に彼は瞳を輝かせ、こう言った。

『はくのもはやく、はつじょうき、なりたい。すきなひとと、くっつきたいな』

誰でもいいわけではない。ただ子孫を増やすためだけではない。

自分の中で初めてのたった一人が生まれた時。そしてその人を自分だけのものにしたい、されたい、愛し合いたいと願った時。花開くかのごとく訪れる。

白野にはそれが何か魔法にも似たものに——もしくは、おとぎ話の幸せな奇跡じみて聞こえたのだろう。

運命の人への憧れ。固執(こしつ)といってもいい。それは間違いなく白野にとって、大切な鍵となっていたはずだ。

——つまり、白野とずっと一緒にいた在臣（俺）は、まず間違いなく対象ではない。

もし少しでも恋愛感情があったなら、こんなに遅くはならなかっただろう。十歳を過ぎ、二十歳を過ぎても獣人として成熟しきれないまま、人知れず思い悩んでいた白野を知っているからこそ余計にそう思う。

その事実に心臓が凍りそうだった。冷たい塊が、体の底に重く沈む感覚。

（いや、駄目だ駄目だ。家族なんだから）

きちんと兄らしくあれ、と自分に鞭（むち）を入れ、笑顔を作る。

「教えてくれたらよかったのに。相手誰だよ～。俺の知ってるヤツ？」

白野は微動だにせず在臣を見つめたあとくしゃりと顔を歪ませ、小さく、けれどはっきりと、

「在臣には、関係ない」

そう唸（うな）った。

「————」

とっさに言葉が出なかった。

約十八年の間、一緒に暮らしてきて初めて耳にする、他人じみた明確な拒絶。一拍遅れて今度は腹が熱を持つ。

白野の一言が、先ほどからくすぶっていた正体不明の苛立(いらだ)ちを炎に変える。

冷たいのだか熱いのだかもうわからなかった。

「——関係ないわけあるか。それじゃあ仕事にもならないし、見ていられない。主人としても家族としても、そんな状態のお前を放っておけるわけがないだろ」

声がどんどん低くなる。自分でも驚くほど不機嫌な声だ。白野を怯えさせてしまうとわかっているのに、制御がきかない。

本当に伝えたいこととは違う。家族として？　上官として？　そんなものは言い訳だ。都合のいい隠(かく)れ蓑(みの)だ。

「……発情期が終わるまで、迷惑かけないようにする……。在臣の——いない場所に、行くから」

「相手のところか」

白野は意味がわからないという顔をした。「相手？」と怪訝そうに聞き返してくる。

「だから、お前の好きな相手。その人とするのが一番いいんだろう」

やはり話が即座に呑みこめないらしく、何度も瞬(まばた)いて——ようやく合点(がてん)がいったようだ。慌てて首を振る。

「ちがっ……！　ちがう、そんなの——おれが……おれが、勝手に好きなだけ！」

自分の想いを傷つけられたと思ったのか——いや、実際傷つけてしまったのか。白野の声はほとんど涙まじりだった。

白野には想い人がいるが、想いが通じたわけではない……ということだと、在臣は理解した。

頭に血が上(のぼ)っていたが、確かにそういうケースもいくらだってあるだろう。

相手がいるならばその人とすればいい。いない場合は……自分で処理するか、人の手を借りるかになる。

でもそれを白野にさせるのかと思うと、額に嫌な汗が滲(にじ)んだ。

「白野、どうするつもりだよ」

「さっき言った……在臣には、めいわく、かけない……」

「そういう問題じゃない……白野！」

よたよたと手足で這(は)ってベッドから降りようとした白野だが、かくりと肘が折れ頭から落ちそうになる。

「――っぶな！」

在臣はとっさに手を伸ばしその体を受け止めた。敷いてある絨毯(じゅうたん)にふたりして転がり、白野の顔が在臣の胸にうずまる。

室内に沈黙が降りた。

体は先ほどより熱く、しっとりと汗ばんでいた。花と果実を煮詰めたように濃密な香気が、服や肌から立ちのぼってくる。

「な、――」

んだこれ、と思わず口に出しそうになった。

発情期の獣人の体臭による誘引は、通常同じ獣人にしか効かないはずだ。誰彼かまわず作用していたら大変なことになる。そもそも獣人に対してだってそこまで強力なものではない。

そのはずが、甘ったるく鼻をくすぐり、下腹を重く痺れさせるほどに香っている――ように感じる。

（ああそうだ、俺は白野が好きなんだ。だから……）

いつもと違う香りもわかる。匂いも温度もなにもかも、呆れるくらいにこの手と体が覚えている。

「っ、んンン――！」

その時、腕の中の肢体が伸び上がり硬直した。

「白、野……？」

「ぁ、……ッ、うそ……だ」

三角の耳が後ろにぺたりと寝て、瞳からぽろぽろと涙があふれ出るのを、呆然と眺める。

（イった――……）

「う、あ……ごめん……ごめんなさ……」

発情期なのだ。何も悪いことではない。

けれど家族に――主に醜態を曝してしまったと恥じらい、泣いて謝る。

それが白野らしくて、ひどく痛ましかった。

「――っ、ぅっ、ありおみ、はな、して……」

無理だ、と思う。離せるわけがない。

「やだよ……やだ……ありおみに、こん、な、ところ……見られたく……な……」

おそらくもう白野は自分が何をしているかわかっていない。見ないでと言いながら、見られたくない人の脚に、重く湿ったまたぐらを押しつけていることに気づいていない。

「ありおみ、おれをしばって、どこかにかくして――」

見ないで、見ないで。呪文じみた呟きに、頭が白む。見せるものか。誰にも、たとえ白野が慕う相手でも、見せてたまるか。

(――ごめんな白野)

「俺が助けてやる」

「……――? や、ありおみ――!」

腰を抱くと尻尾が跳ねた。膝裏に腕を通せば爪先が伸びた。そのまま連れてきた時と同じように抱き上げる。

自分のベッドに移動させたのは、こちらのほうが広いから——というより、未練がましい独占欲の現れでしかない。

不安げに見上げてくる白野の頬を撫で、崩れかけていた編みこみをほどく。白銀の髪を指ですいてやると、それだけで「きゅう」と甘えた鼻声がこぼれた。

肌の触れ合いひとつ、衣擦れひとつが今の白野には劇薬に等しいだろう。溜まっていた十何年ぶんが一気に爆発するわけではないとしても、似寄った状態になっていると考えるのが普通だ。

「好きなヤツのことを思い浮かべてろ。俺は主として、兄として手伝うだけ。だから何も気にしなくていい」

囁きに、白野の瞳が一瞬だけ正気を取り戻したように見えた。

澄んだ水色から、透明な雫がころりとこぼれる。

「たすけて、くれる？」

「ああ」

「在臣が……して、くれる？」

「ああ。……今だけ、な」

「……——うん」

寝起きに悲しい報せを聞かされた子供みたいな顔だった。

「ごめんね、在臣」

そもそもいつから主従などになってしまったのか。

もとをたどると士官学校に入る時の話になる。入学を許されるのは家柄を問わず難関試験を突破した者のみの少数選抜制度。ただし、そば仕えの者ならばひとりだけ同行させられる——という話を聞き、白野自ら志願した。在臣と一緒に行きたい、騎士になりたい、と。

なのでやむをえず主と従僕という形で入学した。入ってみるとやはり良家の子女が通う学校ゆえに、ほとんどの生徒が獣人を側近として連れていた。

けれど形は思ったよりそれぞれだった。在臣たちのように兄弟の契りを結んでいる者もいれば、友人関係を築いている者もいた。灯里のように自分も試験を受け合格していながら、主の側近として忠誠を誓う者もいた。

『白野、無理して主と僕になんてならなくてていいんだぞ?』

そう言った在臣に、白野は「これがいい」と返した。

『在臣の役に立ちたいから』

兄弟で、主従だね、と目を細めた白野がとても満足げだったので、はじめは上下のつく関係を嫌がった在臣も「ならいいか」と思ったのだ。

どうせ中身は変わらないし、あの時は主従でも対等な主従だった。

(それがどうだよ)

今、自分は一番卑怯な方法で主人の立場を利用している。

白野が自分を「少なからず慕っている」のをいいことに、己の欲望を満たそうとしている。

(綺麗ごと並べといてさ、最悪だろ。俺)

「在臣……ありおみ……」

鼻の頭同士が触れる。唇にキスはしなかった。ありがちだが、せめてそこだけは好きな人にとっておきたいだろうと思ってのことだった。

無体を働こうとしながら何を馬鹿な、と自分でも笑ってしまう。

感情の回路がめちゃくちゃだ。

白野の幸せを願っているのに、白野の想い人に燃えるように嫉妬している。

いまだかつてこんな昏(くら)い激情に駆られたことなどなかった。

(主人としてだけじゃない。『善き兄』が聞いて呆れる——！)

白野のネクタイを抜き取りシャツのボタンを外し、自分の襟元(えりもと)も緩(ゆる)める。勢いをつけてタイを引いた際の、マッチを擦(す)るのにも似た摩擦音と熱に、肌が粟立つ。

上を適当に乱したまま白野のスラックスと下着を引き抜くと、蜜をまとい、哀れなほど真っ赤になった性器がふるんと飛び出した。

「白野、こっち向いて」

「――っく、ぅう……」

うつぶせに身を縮こめた白野の三角耳に齧りつく。中にたんぽぽのようなふわふわとした綿毛をたくわえた耳。裏は先端と根本が黒く、ベルベットにも似た艶を帯びている。その先端にやわく歯を立て、孔に息を吹きかける。手はゆっくりと胸板へ。浮いたあばら骨を指先で数えつつ、平らな胸を撫でさする。

「ん……ン――」

ささやかな飾りは既にしこって粒になっていた。

「ぴっ⁉」

そっと摘まんで、指の腹で先端をかすめる程度にすると、甲高い声が漏れる。

「あ、なん、で、そんな、とこ……」

「気持ちいいか？」

「わか、わからない。でもへん、だ、さわらないで……」

「いいや、触るよ」

後ろから覆いかぶさり低く言うと、白野が息を呑んだのがわかる。

「お前が気持ちいいとこ全部。俺が触って、吐き出させる」

細い咽喉(のど)に悲鳴じみた音が詰まる。腕がもがき、シーツを掴(つか)もうとする。ほとんど腰が抜けてしまっているようで、上半身をベッドにこすりつける仕草になっただけだった。肩を掴んでひっくり返す。薄く軽く力の抜けた体が、あっけなく眼前に開かれる。

うっすらと汗をまとった白い肌は淡く上気して、まるで満開の桜が映りこんだ乳白色の硝子(ガラス)だ。壊(こわ)さないようもう一度慎重に触れ、さらには唇を落とした。

「ひぅ、う」

首筋に吸いつき、鎖骨を舐める。舌というのはこうも鋭敏に感触を拾えるものだったかな、と場違いに冷静な感想を抱きながら、在臣は胸の頂(いただき)をしゃぶった。

「んっ、ん、んん、く」

声がこもったので視線を上げると、また尾の先を口に押し当てていた。口内で飴玉を転がす感覚で乳首をもてあそび、同時にてのひらでやんわりと性器を包む。肌と同じで色は薄く、少し小さい。

「あッ――！」

既に一度吐精したとは思えない硬さのそれをぬるぬると扱(しご)きたて、胸への愛撫(あいぶ)と連動させる。途端に白野はかぶりを振って身をよじった。男性らしく筋肉質ながら、どこか子供の丸みを残したままのほっそりとした身軀(しんく)。本人は嫌うが、在臣の目には美しく映る。勤勉で克己的(こっきてき)な白野が作り上げてきたものだ。誇りに思いこそすれ、恥じらう理由などこれ

っぽっちもない。

「……かわいい」

「え、あ――あり、おみ？」

愛しさが溢れ、気づけばごく自然に性器へと舌が伸びていた。

視界にはしっかりと白野を捉えている。だから真っ赤に熟れた先端を口に含んだ時、彼の瞳がまんまるになり、尻尾がぶわりと膨らんだのがよくわかった。

「――――！　ひ――――！」

がくんっ、と腰から下が跳ね上がった。唇が音もなく開閉を繰り返し、うるみっぱなしの目からまた大粒の涙がしたたり落ちる。

「……っあ、っ在臣、だめ、ゃ、やぁあ……」

ようやく出た声はかわいそうなくらい震えていた。在臣の黒髪に白い指が絡み、掻き混ぜる。

「在臣、ありおみ――！」

もっと名を呼んでほしい。自分だけを見て、すがってほしい。子供じみた支配欲を煮えたぎらせる一方で、少しでも安心させたくて、開いた腿の内側を何度も撫でた。

次第に緊張がとけてくるのが触れたところから伝わってくる。

てのひらで双球をやわらかく揉み転がし、裏筋を尖らせた舌先でたどる。つるりとした先端を口蓋にこすりつけると、白野はあっという間に二度目の射精を果たした。

「はあっ、――は、っひ、ぅ、ぅぅう……」

薄い胸がばらばらになってしまうのではというほど大きく上下している。

いくらなんでも二回だせば少しは落ち着くはず――口元をぬぐいながら体を起こした在臣は、怪訝に思い眉をひそめた。

「白野?」

白野の鼻から、すすり泣きのような声が漏れる。

「なんっ、で――」

泣き声は在臣に対してではなく、白野自身に向けられたものだ。

「おさまらな、っ……ちがう……ちがう、おれ、は、――そうじゃなくて、そっちじゃ……そんなつもりじゃ……ぁうぅ」

性器に伸びるのかと思った手は下腹をさすり、時には搔きむしって押さえつける。

けれど何かをこらえるその動きとは裏腹に、腰から下は在臣のほうへと艶かしく突き出され揺れていた。鎌首をもたげた尾がびくびく跳ね、誘うように頬をかすめる。

こんなのはまるで、

(まるで)

雄をねだってでもいるような――。

「……もしかして……」

心当たりに、在臣は小さく呟いた。咽喉が干上がり声がざらつく。

「お前が好きなのって──男、か」

子だくさんで種の存続に躍起になる必要がないせいだろうか。獣人は同性同士つがうことが間々ある。

だからそう珍しいことではない。のだが──。

白野はうっすらと、本当に目をこらしていなければわからないほど微かに頷いた。両の拳で顔を押さえ耐え切れずしゃくりあげ始めた姿に、いったん思考が止まる。

白野は、男女どちらとつがうのか。彼に想い人がいるという衝撃のせいで、間抜けにも性別のほうまで思いが至らなかった。

確かに、女を抱く白野など想像もつかないし、したくもない。

だからといって男相手だとはまったく思ってもみなかった。

……もしかしたら、心のどこかに「俺以外の男には心惹かれることなどない」という奢りや期待があったのかもしれない。

それが、自分と同じ男性だというのか。

「…………──ッ」

今度こそ嫉妬の炎が業火になって燃え上がる。

「たす、け、て…………あり、おみぃ……！」

限界だった。さっきから股間が痛いほど張りつめ、暴発しそうだ。

「なあ、意味わかってるか？」

自分でも泣きそうに唇がつり上がったのがわかる。

なんだろう、この気持ちは。あれほど求めていたものを、手に入れられるかもしれないのに。

嬉しくて哀しい。

子供の頃から大切にしていた絵本のページをめくりながら、自分の手で破り捨てているみたいだ。

「？」

ぼんやり見上げてくる瞳の色は、子供の頃から変わらない子猫の青（キトン・ブルー）。猫科の動物や獣人の多くは成長とともに目の色も変化するが、体が育ちきらなかった白野の双眸は青いままだった。

陰嚢（いんのう）の下を指でたどり、汗で湿（しめ）り気（け）を帯びた秘部を撫ぜる。

「ここに、俺の挿（い）れるんだぞ？」

きゅ、と肉の蕾がつぼまって、指の先を甘く食（は）んだ。

白野の三角耳は、しばらく在臣の言葉を咀嚼（そしゃく）するように寝たり立ったり左右に動いたりした。

そのうち彼はベッドに肘膝をついてよつんばいになり、頭を枕に埋めて肉づきの薄い尻を差しだした。行動とは裏腹に、尻尾は在臣から見える部分を少しでも隠そうと動いていたが、白野はそれを乱暴に引きよせ握りしめる。

「っ、して。して……くださ……」

「――――――」

消え入りそうな、申し訳なさそうな、何かに絶望しているようでいて、でも欲にまみれたかすれ声。

部屋はとっくに宵闇の群青に包まれていた。

聞こえるのは互いの吐息と、衣擦れの音だけだ。

ああよかった、と在臣は思う。誰もいなくてよかった。誰かに見られなくてよかった。

こんなに美しくて愛しい白野を。こんなに醜く情けない自分を。

見られなくて本当によかった。

枕元のランプの灯かりがぼんやりとベッドと白野を照らしだしている。バスタオルを敷いて尻たぶから香油を垂らし、本来なら出口であるはずの後孔を丁寧に丁寧に開いた。指だけではなく時には舌も使った。綺麗好きな白野は、用を足すと必ず隣に設置された専用の水洗台で陰部を清めている。なので本人が汚いと泣いてもまるで気にならなかった。

在臣の太く長い指が三本、根本まで入るようになった頃には、白野の腕は完全に力を失って下肢だけを突きだす恰好になっていた。

後ろから体重をかけてのしかかる。

獣の交尾の体勢だ。

「白野」

頭を撫で獣耳にキスをすると、「ありおみ」と甘えた声で名を呼んでくれた。それが合図となった。

「ひぅ、んに、っ、く、ぅんんん——ッ!」

ぐぷり、と先端を含ませる。熱くぬめる隘路を割り開き進めば、目の前が白むほど気持ちいい。

「は——っく、の。大丈夫、か?」

経験したことがない感覚。当然だろう。だってずっと白野だけを想い続けてきて、今、初めて抱いたのだから。

どれだけ願って欲したことか。白野にこの想いを伝えられたら。恋人になれたら。——朝から晩まで存分に愛することができたなら。

だがそんな考えが頭の中を過ぎるたび、必死になって打ち消してきた。自分に信頼を寄せる弟を抱こうだなんて、死んでも駄目だ。駄目だったのに。

白野は尻尾をきつく噛みしめて背を震わせている。在臣が腰を進めるたび、背中や尾にさざなみが走る。

顔の横へついた手の人差し指を、無意識にだろう握ってくるのがたまらず、喚きだしそうになる。

「ごめんな」

なだめる調子で顎の下を撫でて、口を開くよう促す。見事な斑紋の浮かぶ尻尾が、シーツの上にぽたんと力なく落下した。手にとり付け根から扱き上げ、唾液で一部がへたれてしまったところにくちづける。そうすると白野はますます腰をしならせて高く喘いだ。

「ごめん、白野」

「っ、へ……き……」

謝罪をどうとったのか。ようやっと言葉を発した彼は、首をひねり、肩越しに視線を寄越した。熱っぽい目がうっとりと細まる。

「きもちい……ありおみ……——ん!?　あっ、あ、ゃ」

「——ぐ、……！」

要所要所で殺しにかかってくるのやめろ——そう言う暇もなく、そして当然抜く余裕もなく、白野の中にぶちまける。

「は、ぅ？　う……なか……でてる……。ぬれて、る……。ぁっ、ありおみので、はくの の、なか……」

ほとんどうわごとに近い呟き。白野はすぐまた在臣の雄を求めて腰を揺らめかせ始めた。未熟な肢体で懸命に快楽を追い、なんとか奉仕らしきものを試（こころ）みる様子は、凄絶な背徳感と色香に満ちている。

「あ、ぁっ、ありおみ、どうしよう……とまらな……とまらないよぉ……。だめ、も、おかしく、なっちゃ……」

身のうちで暴れる本能をもてあまし、白野がだだをこねるように鳴いた。

「いくらでもおかしくなれ。俺がついてる。大丈夫だよ、白野」

理性のたがを蹴り飛ばす。腕を摑んで引き起こし下から突き上げ、また寝かせて今度は正面から抱いた。何度も何度も「好きだ」と口からこぼれそうになった。

あたたかい底なし沼のような情交は、長く長く続いた。

「白野、いい子にしてたか？」

「在臣、おかえり……」

それから一週間、白野の発情は落ち着くことがなかった。理王たちにはひどい風邪にかかったのでしばらく休むと伝えたが、灯里が鼻をひくつかせていたので既にバレている気がする。

さすがに副団長の職務を放り出すわけにはいかない。そんなことをすれば何よりも白野が悲しむし、自分を責めるだろう。

抑制薬を処方してもらうと言いだしたこともある。けれど発情が始まってまだ間もないうちは、症状や周期が落ち着くまで飲まないほうがいい。

だから――

「ふぁ、あああ――！」

（……俺は白野を抱くって？　いい口実だな）

白野は自慰もせずに主の帰りを待っていた。

正確には、ひとりでしようとしてもいけなかったそうだ。かえってつらく苦しくなるばかりなので、嫌でなければまた手を貸してほしい――涙ながらに訴えられれば、抱きしめずにはいられなかった。

普通なら前後不覚に陥ってもおかしくない状態の中、髪を結い部屋着を着て、できる限り普段どおりのきちんとした様相で自分を健気に待っていたのだと思うと、いっそう愛おしさが募った。

いっときの情欲にあてられたのだとしても、乱暴にはしたくない。

二日目も、三日目も、その次の日も、毎回初めてのように大事に抱いた。

「在臣、ありおみ、ごめんね。おしごとで、つかれてるのに、ごめんなさい……」

白野は何度も謝ったけれど、むしろ謝るのはこちらのほうだと首を振る。

「いいんだよ白野」

――だって俺はお前が好きなんだからさ。いい悪いじゃない。嬉しいんだよ。幸せだ。今だけでも、幸せだって思う俺を許してくれ。

そう言えたらどんなにいいだろう。

地獄のような天国のような七日間だった。

5

「従者交換だ。在臣」

「はい？」

「このままでは仕事にならん。灯里をお前につけてやる。白野は俺に回せ」

ふたりが動揺したのは言うまでもない。しかし心当たりがないというにはあまりにも苦しすぎる状況だった。

発情期がひとまず落ち着き、正気に戻った白野は当然在臣に詫びた。ベッドの上でそれは見事な土下座を見せた。そこから顔が上げられず、土下座したまま香箱を作り、在臣の懸命な慰めに耳を傾けることとなった。

在臣は一見なにごともなかったかのように変わらず明るく接してくれている。けれどふとした時、眉間に皺を寄せ眉尻を下げて笑う表情はどこかつらそうに見えた。

自分のせいだ。

優しく情に篤い主を巻きこんで、こんな未熟な男の体を抱かせたのだと思うと、涙が出た。

（ごめんなさい）

浮かぶのはその言葉ばかり。

恥ずかしい、消えてしまいたいと何度思ったか。

そんな雰囲気が理王や灯里にまで伝わってしまっている。

「詳しいことは聞かん。……いや、まあ、聞いてほしいなら聞いてやらんでもないが。とにかく離れてみてわかることも多かろう。――なんなら寝起きする部屋も交換していい。希望があればあとで個別に受け付ける。さて、何か言いたいことは？」

机の前に立った在臣と白野は互いに目を合わせるでもなく、在臣は理王を見つめ、白野は自分の爪先に視線を落とす。「ないです」と声だけは空しくそろった。

「よお、白野」

「灯里……」

その日の昼、食堂で独り食事を摂っていたところに、灯里がトレイを持ってやって来た。

「向かい、いいか？」

天気がいいとはいえ、この季節に屋外のテラス席にいるのは白野しかいない。

「どうぞ」

「んじゃ失礼して」

彼がランチに選んだのはたっぷりの野菜に大きな塊肉やソーセージの入ったポトフとパン二種、チキントマトクリーム煮にサーモンとホウレン草のキッシュ、それから半熟卵やクルトンが乗ったサラダ。おそらくこのあとコーヒーを飲み、デザートも食べる気だ。すらりとした体つきにかかわらず大食漢である。

休憩時間も終わりに近いので、大きな食堂ホールは人影がまばらだ。

灯里は特に何か聞きだそうとする様子もない。黙って食事を続けていた白野は、やがて口を開いた。

「灯里」

「なんだ」

「発情期、おれにもきた」

灯里が嚙み砕いたものをごくんと呑みこむ。それまで皿に落ちていた目がようやく白野のほうを向いた。

「そっか。おめでとさん」

「……ありがとう」

沈んだ返礼の言葉に、灯里の口の端がぐにゃんと歪み、苦笑いになる。

「全ッ然、嬉しくなさそうだな」

「嬉しくないわけじゃ……ない。けど——」

あれほど焦がれたものだったのに、なりたくてなりたくて仕方ないものだったのに。

いや、発情期がきたこと自体はよかったのだ。自分が発情期になるとしたら、在臣への想いのほかにきっかけはないと信じていた。もしそれ以外の相手に体が反応するくらいならば、一生こなくていいとさえ思っていた。

白野にとって発情期は、在臣への想いの結晶。

欲しかった想いの印。

ただ、その色形はあまりにも濁り、歪んでいた。

「——あんな自分がいるなんて、知らなかった。知りたくなかった」

どんな時でも在臣が一番だった。彼が幸せならどうなったっていい。自分の気持ちなんて伝えなくていい。そばにいられるだけでよかった。

いつか発情期になったとしても、在臣の手をわずらわせるつもりなど毛頭なかった。好きになってもらおうだなんて、本当にこれっぽっちも考えてなどいなかった。

けれど、幼い頃から抱いてきた決意が、なけなしの忠誠や家族としての親愛が。いざチャンスを目の前にした途端、いともあっけなく崩れ落ちた。

（あの時、おれは……）

いい、いい、いい、

今なら抱いてもらえると思ったのだ。

たとえ在臣の優しさにつけこんで、在臣を傷つけることになったとしても。

一生叶わないはずの願いが叶うかもしれない。そう思ったら、我慢できなかった。

「自分勝手で、汚くて……醜い」

軋り落ちた言葉に、灯里は意外にもなんだそんなことかという風に軽く肩をすくめ、パンをちぎってスープに浸した。白いパンが徐々にコンソメ色に染まってゆく。

「でもさあ」

金の目が陽を受けて明るく光る。小さな瞳孔が白野を射貫くように見ていた。

「それが人を好きになるってことじゃね？」

そういうもんでしょ。――あっけらかんとした物言いに、白野は呆然とする。灯里の言葉や態度を不快に感じたわけではない。

ただぼんやり納得してしまった。

これが恋なのだ、と。


理王のもとでの仕事が始まり、一週間が経とうとしている。

水晶宮での部屋はそのままだ。異動が決まった当日、帰寮しても在臣の姿は見当たらず、もしかしたら別部屋にしてほしいと申し出たのかもしれない——と落ちこんでいたが、翌朝起きてみると普通に隣のベッドで寝ていた。

あれほど気まずかったにもかかわらず、心底ほっとした。

ただ体を重ねて以来、在臣はそれまで数えるほどしか使っていなかったベッドの間の仕切りカーテンを引くようになった。少しくすんだ浅葱色(あさぎいろ)の手織りのシルク。落ち着く色合いのやわらかな幕は、ささやかでいて明確な境界線だった。

カーテンの向こうの寝息を聞きながら、毎朝ひとり支度(したく)を調え部屋をあとにする。

在臣と灯里はもともとウマが合うので、特になにごともなくうまくやっているようだ。

白野はというと——

「団長、青嵐(せいらん)からの報告書と、えと、こっちは昨日のもめごとで捕まえた獣人(けものびと)の前歴。あと兎本(うのもと)さんのところの出産祝いは手配完了してる。それから……さっき舞弓(まいゆみ)団長から急ぎ会えないかと連絡があったから、十四時にそちらに伺(うかが)うと返事をしておいたんだけど……よかったらろ……よかった、だろうか」

ついていくのがやっとといった具合だった。

「うむ。わかった。用件については聞いているか？」

「うん……はい。青嵐の気象予測班によると、今年の冬はかなり寒く雪が多い見こみ。念のため今から備(そな)えをしておきたい、とのことで……」

「なるほどな、了解した。それと前にも言ったろう。しゃべり方は気にしなくていい。今までどおりでいろ」

ペンを走らせていた理王が手を止め、軽く息を吐いて言う。

「……でも……。――うん……わかった」

団長の一日は目が回るほど忙しい。職務内容が多岐にわたる上、量も多いのだ。もちろん副団長をはじめとする数人で分担はしている。しかし、まずその分担を決めるのも理王の仕事だった。「この程度すべてそちらでやっておけ」などと丸投げすることは決してない。内容を精査しこれは誰それが向いている、と的確な指示を出し、上がってきた大量の報告はすべて必ず目を通す。それらがほぼ同時並行的に行われているのだから、理王の頭の回転速度と処理能力たるや尋常ではない。

市町村長をはじめとする役場の人間や有力者との会談もほぼ毎日だ。今回はまだ遭遇していないが、国同士のやりとりの場にたびたび呼び出されるのは白野も知っていた。六花の騎士団団長であることに加え、やはり曙立一の名家と謳われ絶大な財力や権力を有している獅峰家の嫡子である点も大きいのだろう。

そんな理王の姿を目の当たりにし、はじめは白野も己の無力さに意気消沈しかけたのだが、むしろ忙しさのお陰ですぐそれどころではなくなった。今ではこれを機会に少しでもいろんなことを学んでおこうとやる気を起こして勉強中である。そういう意味では抜群に効果のある配置転換だった。

「よし、では見回りに出る。ついでに昼食も買ってこよう。白野、おすすめの店はあるか」

「えっ？　う、ううんと、すずらん通りの洋食屋さん……はどうだ？　具だくさんのシチューとか、ひき肉のステーキとか。……あとはチーズたっぷりのクロックムッシュもおいしいぞ」

「いいな、それにしよう。む。乗馬ブーツ磨(みが)いておいてくれたのか」

団員の装備は倉庫で一括して管理されているが、団長級のものは各執務室に置いてある。今日が見回り当番なのを思い出し、昨日理王が留守のうちに手入れをしておいたものだ。

「理王すごい……よくわかったな」

とはいえ日ごろから入念に整えてあるのがひと目でわかる美品だったので、まさか気づかれるとは思ってもみなかった。驚きに獣耳が尖(とが)って前を向く。理王はその反応に気をよくしたらしい。

「フフン、当然だ」

得意げである。こういう意外に純朴(じゅんぼく)で子供っぽい一面があるのも、彼が多くの団員たちに慕(した)われるゆえんだ。

当然、街に出てもひっきりなしに声をかけられる。

なにしろ白馬に乗った王子様ならぬ騎士団長様。警邏ルートを把握して待ち構える者もいる。

しかし握手を求められたりプレゼントを差し出されても理王は応じない。ただ「職務中ゆえ馬上から失礼」と敬礼をし、「お気持ちだけ頂戴しよう。感謝する」と優しく微笑む。

横を歩く白野はそれを見て、溶接作業の時に使う遮光眼鏡的なものが欲しい気分になった。

「なに目をしょぼしょぼさせてるんだ白野。ゴミでも入ったか？」

「んにゃ……まぶしくてつい……」

「？　今日は天気がいいものな。風は冷たいが心地いい」

理王は目を細めて馬の首を撫でた。「こいつも嬉しそうだ」。視界が高く周囲を見渡しやすいのに加え、騎乗した騎士の姿自体が犯罪の抑止力になるとの理由から、騎士団の巡回警備は基本馬と定められている。獣人は自分の足のほうが自由がきくので徒歩。ただ在臣も「馬はちょっといかめしいし気軽に立ち止まれないから」と歩いて回ることが多かった。

（在臣……ご飯食べ忘れてないかな……）

その時、ふと鼻先を花のような香りがかすめた気がしてあたりを見回す。石畳の道に並ぶ街路樹はほとんど葉を落としているし、花屋があるわけでもない。

——となると、

（……理王？）

白野が首を傾げていると、ひとりの子供が向こうからやって来た。見覚えのある顔だった。巡警の最中何度か遭遇するうち、言葉を交わすようになった虎の獣人の子で、将来は騎士団に入るのが夢だそうだ。

「理王さまと白野兄！　こんにちは！」

「ああ、こんにちは。立派な挨拶をありがとう」

しましまの尻尾をぴんと立てての敬礼に、理王も嬉しげに応じる。

「へへ～。いっぱい練習したんだ！　今日は白野兄もいるんだね。こないだ在臣兄ちゃんが見回り中、おとなりの凛の母さんの見舞いに来てくれたんだ！　めずらしく白野兄一緒じゃなかったから、どうしたのって聞いたんだよ」

「う。そうか」

「いま理王さまのとこで勉強中なの？」

「うん、理王はすごいからな。たくさん教わってる最中だぞ」

「そうなんだあ。あのね、在臣兄ちゃん、白野兄のこととってもがんばってるって言ってた。でもホントはちょっぴり寂しいんだって――あっ！」

少年がしまったと口を押さえ、獣耳を寝かせる。どうしたのかと体を屈めると、耳に口を寄せて「今の、内緒って言われてたんだった」、そう泣きそうな声で告げられた。

「大丈夫だ、秘密にする。……約束」

むしろいいことを聞いてしまったので感謝したい。尻尾が天を衝き喜びそうになるのを左手で押さえ頷いて、右手の小指を差しだす。彼は途端に表情を明るくして自分の小指を白野の指に絡めた。人間よりは成長が速いとはいえ、まだまだ細くやわらかい子供の手だった。

「在臣とお前が大好きなんだな、あの子は」

手を振り少年を見送った理王がしみじみと言った。

「在臣はみんなに好かれるから」

「……見舞いがなんちゃらという寄り道については聞かなかったことにしておこう」

「あう……。ありがたい……」

いつでも明るく、誰にでも優しく。困っている人を見つけると助けずにはいられない。騎士になる前からそうだった。ともすれば人々が遠巻きに傍観するだけの者に声をかけ、手を伸ばすことを厭わない。拒絶されてもそばにいる。そういう人だ。

(——だから白野のことも助けてくれた)

「理王、ここだ」

「おお。こんなところに店があったのか」

馬を下りた理王とともに洋食屋に入ると、顔馴染みの店主夫婦が驚きつつも歓迎してく

れた。十二席ほどしかない小さな店内はバターやソースのよい香りで満ちていて、思わずお腹が鳴りそうになる。

「おれは羊（ひつじ）の香草焼きにする。バゲットとスープもつけて。理王は？」

「ううむ……これは悩むな……。鹿肉のステーキとジャガイモのフライにビスクスープ。と、白野の言っていたクロックムッシュ……いや、目玉焼きを乗せてマダムでいただこう。すまない。本来ならば店で味わうのが一番なのだろうが、警邏中なのでな」

馬もそう長くは待たせていられない。街にはところどころ手綱を引っかけておける金属製の馬止めが設置されているが、理王の白馬はあまりにも目立つ。

「いえいえとんでもない！　理王さまをはじめとする騎士団の皆さんのお陰で安心して暮らせるんですから。ありがとうございます。白野くんもいつもありがとうね。よかったらこれ、おまけ。在臣くんのぶんも。この間お休みの日に珍しくひとりで来てくれたんだけど、混雑しててパン切らしちゃったら買ってきてくれたのよお。騎士さまに使い走りさせちゃってホント申し訳なかったわ。だからほんの少しだけどお礼の気持ち。また来てね」

「……在臣もきっと喜ぶ。ありがとう」

「礼を言う。帰ったら楽しみにいただこう」

一瞬理王の顔を窺（うかが）うが、軽く首肯（しゅこう）されたので礼を言って受け取る。

そのままふたりは綺麗に箱詰めされた食事を持ち帰った。

「――うまい！　すごい量のチーズだな！　ビスクも塩味がちょうどいい」

「よかった。おれの羊も、食べてみる？」

「では遠慮なく。白野もせっかくだからひと口ずついけ。このジャガイモのフライ手が止まらなくなるぞ」

「ホントだ。……冷めてもおいしい」

賑やかな食事である。普段ゆっくり昼を摂ることがあまりないのか、理王もほんのわずかばかりはしゃぎ気味だ。

「在臣はいなかったな」

「うん。あとでもう一回行ってみる」

おかみさんがおまけにくれたのは、仔牛肉のパイ包み焼きに洋梨とナッツとクリームチーズのタルトだった。パイ包み焼きは在臣がよく頼んでいるのを覚えてくれていたのだろう。

「理王、もらうのだめって言うかと思った」

「……俺だってあのような厚意をわざわざ無下にしろとは言わんぞ。金銭物品の授与禁止は利害関係が発生する者の間においてであって、俺が普段個人からの贈り物を受け取らないのは、俺独自のルールによるものだからな」

在臣が聞いていたら「お堅い！　だからお前、騎士道の権化だの歩くルールブックだの言われるんだよ！」とのけぞりそうな発言だが、白野はまず「キンセンブッピンノジュヨキンシ」という謎の呪文を処理するのにひと苦労していた。数拍遅れでも理解できただけましである。

「在臣は騎士としてもだが、なによりひとりの人として愛され親しまれている。いいことだ。……ただ――そのせいで多少親切の度が過ぎることがあるから、たまに注意はする。人助けには責任を持たねばならん。助けるなと言っているのではない。ただちょっとした親切心で手を貸したつもりでも、その者から役割や仕事や……ひとりで成し遂げる力を奪うことだってある。それをもう少し考えろという話だ」

「うん」

言いたいことは理解できる。だからこそ伝えておきたいと思い、白野は勇気をだして口を開いた。

「理王、うちの……五十嵐の診療所には、体の怪我だけじゃなく、虐待とかで心も傷ついた獣人がたくさん来る。その中には……小さい子供もいる」

「ああ」

ひととおり食事を終えた理王はハンカチで口元をぬぐい、じっとこちらを見つめてくる。圧倒されるほど美しい顔立ちに、まばゆい光をたたえる瞳。だけれども雰囲気は優しい。

「母は昔から、在臣にもおれにも、患者さんにものをプレゼントしたり、家に上げたりしたらいけないって言ってた。最初は不思議だったんだ。なんで優しくしたらだめなんだろうって。けど……たぶん、理王が言ってることと一緒なんだな」

「……そうだ」

確かにいっときの避難場所にはなる。一瞬だけなら守ってやれる。

だが彼らの環境を変えてあげられるわけでもなければ、家族になれるわけでもない。ほんのちょっとした親切心だけで優しくして、戯れに希望を見せたあと奪うような真似をしたら、どうなるか。

「でもな、理王。何もしないほうがいい時もあるって、在臣だってちゃんと知ってはいるんだぞ」

誰とも話さない人、人間のことを信じられなくなった人――痛み切って疲れ果てた人たちに、幾度となく遭遇してきた。

「知ってる上で、一緒にいようとするんだ。その、最初はちょこっとだけ鬱陶しかったりもする、けど……」

自分の時もそうだった。横で本を読んだり、ひとりで遊び始めたり。かと思えば突然お弁当を広げて「一緒に食べよう?」と声をかけてきたりして。

何をやっているんだろうと思った。

不思議で、邪魔で、でも気になって仕方なかった。

「みんなそのうち、在臣がいてくれると安心するって気づくんだ。いないと寂しい。姿が見えないと、今日はどうしたんだろう、って思う。また会えると嬉しくて、少しずつおしゃべりして……。そしたらいつの間にかね、笑えるようになってた。……在臣は、ひとりじゃないって教えてくれる、お守りみたいな人なんだ」

「笑い袋の間違いじゃないのか？」

おどけて肩をすくめてみせる理王がおもしろくて、思わず噴きだした。

「笑い袋でもいいかもしれない。在臣がいるとみんな笑うから。……えっと……あれ、おれなにが言いたかったんだっけ」

どうにも脳みその容量が大きくない上、話すのが苦手なため、そちらに気をとられてしまう。

「……要するに在臣は、俺が心配するようなその場しのぎの助け方をしているわけではないと言いたいのだろう？」

「う……うん……考えるより先に飛び出しちゃうことも……あるのはあるんだけど」

「あるんじゃないか」

「けどそれは在臣にとっては親切じゃないんだ。あたりまえの、普通のこと」

「だからあいつはその普通の基準がおかしいことを自覚すべきだ、という話だ」

なるほど。

「自分の身を省みないというかなんというか……いつかそのせいで痛い目を見ても知らんぞまったく」

「……痛い、目」

普通の親切。家族としての助け。

在臣は困った人がいると手を伸ばさずにはいられない。

だから——

——『俺が助けてやる』

「？　どうした、白野」

「い、や……。ごめん。それは、おれがやってしまったと思う」

「どういう——？」

理王が眉をひそめたその時、廊下からがたんごとんと派手な音が響いて白野は飛び上がった。ソファから五センチは浮いた。

「いったい何だ騒々しい！」

立ち上がって部屋を大股で横断し、ドアを開くなり声を張った理王の動きが止まる。その後ろからひょこりと顔を覗かせた白野も、広がっている光景に思わず目を丸くした。

「よう、白野、理王！　ごめんうるさかったか？」

「すっ！　すみません理王さま！　照明の硝子シェードに汚れと罅があったので手入れを

していたところ……あっ在臣さまありがとうございます、あの、もう大丈夫ですから……！」

　ぺこぺこ頭を下げているのはまだ騎士見習いくらいであろう小さな青年――というよりは少年。ぱっと見ではわからなかったけれど、先端にだけ毛の生えた長くて細い尾と丸い耳からして、鼠のたぐいの獣人と思われる。

　その後ろで副団長と臨時補佐が、背の高い木製脚立に乗って布巾を手にランプを磨いているのだから、団長がフリーズするのも無理はない。

「いやいや、こういうのはデカイ奴に任せるべきだろ？　灯里〜！　そっちどう？」

「楽勝ですよ在臣さん。シェードの交換もしときました。まったく、オレがやっとくからいいって言ってんのに……。理王さま、うるさくしてどうもすんませんね」

「申し訳ありません……脚立を使っても僕では全然身長が足りず……。困っていたらおふたりが助けてくださったんです……」

　廊下は天井が高いぶん、照明器具もずいぶん上にある。小柄な少年では到底手が届くまい。

「……謝らなくていい。破損や汚れにはお前が気づいてくれたのか？」

　気を取り直してきりりと引き締まった表情になった理王は、思いのほかやわらかな声音で少年に語りかけた。

POSTCARD

1 0 1 - 8 4 0 5

東京都千代田区
神田三崎町2-18-11

二見書房
シャレード文庫愛読者 係

通販ご希望の方は、書籍リストをお送りしますのでお手数をおかけしてしまい恐縮ではございますが、**03-3515-2311までお電話くださいませ。**

<ご住所> □□□-□□□□

<お名前> 様

＊誤送を防止するためアパート・マンション名は詳しくご記入ください。
＊これより下は発送の際には使用しません。

TEL		職業／学年
年齢　代	お買い上げ書店	

Charade愛読者アンケート

この本を何でお知りになりましたか？

1. 店頭　2. WEB（　　　）　3. その他（　　　）

この本をお買い上げになった理由を教えてください（複数回答可）。

1. 作家が好きだから（小説家・イラストレーター・漫画家）

2. カバーが気に入ったから　3. 内容紹介を見て

4. その他（　　　）

読みたいジャンルやカップリングはありますか？

最近読んで面白かったBL作品と作家名、その理由を教えてください（他社作品可）。

お読みいただいたご感想、またはご意見、ご要望をお聞かせください。

作品タイトル：

ご協力ありがとうございました。

お送りいただいたご感想がメルマガに掲載となった場合、オリジナルグッズをプレゼントいたします。

「は、はい。昨晩掃除が終わった際に気づきまして、今日明るいうちに取り替えておこうと……」

「ふむ。それはご苦労だったな。自分でどうにもならない時は無理にひとりでやろうとせず、人に頼っていい。交換はこいつらに任せて、作業が終わったら片付けを頼む」

「っ……は、はい！　わかりました！　ありがとうございます！」

「よっしゃできたー！」

在臣が脚立から飛び降りる。どすん、と振動が少し離れたところにいる白野の足の裏にまで響いてきた。理王が片手で目を覆う。

「飛ぶな！　子供か貴様は！」

「でへへ、ごめん」

そしてその後ろで音もなくジャンプ着地を決めている灯里。静かで趣のある木の廊下は、一転して無法地帯と化した。

「……やはりただの考えなしだ！」

憤慨する理王の声。白野は小さく笑みをこぼしながら、鼠（トビネズミとのことだった）の獣人の労をねぎらった。

午後の会議で在臣と灯里は明日から五日間ほど国境付近に出向くことが決まった。気象測候所がある山岳地帯。普段は青嵐の騎士団員が常駐しているのだが、つい最近になって山道で不審な男と遭遇し、危うく戦闘になりかけたという。結局向こうが姿をくらませたが、どうもこれまでには見かけなかった賊が居ついた可能性があるため調査を行いたく応援を求む。――ということでふたりが派遣されることとなった。

顔を合わせることがほぼないすれ違いの生活を送っていても、いざ主が部屋を留守にするとなると寂しい。

遠征の荷造りくらいは手伝ったほうがいいだろうかと思案しつつ、白野は階段を上った。

「理王。郵便、出してきた、ぞ――？」

ちょうど夕刻の鐘を聞きながら理王の執務室へ戻り、白野がまず感じたのは花の香り。見回りの時にも匂った――ここ数日ふとした時に鼻をかすめていた芳香だ。あまりにも淡く自然なものだったのですぐに忘れてしまっていたけれど、今は鮮明に嗅ぎとれた。

「ああ。ありがとう」

冬のくすんだ斜陽の光を受けた理王の顔色は少し冴えない。幼い頃に喘息持ちだった名残で、疲れがこむと気管支にきやすいと聞いたが――たった今はそういった不調ではないようだった。

（いや、待って）

「この匂い……理王、もしかして……」

——発情期？

ひそめた声で尋ねると、理王は不服そうに唇を尖らせて「バレたか」と腕を組んだ。

「お前の鼻は騙せんな」

それは、士官学校時代に共有した四人だけの特別な秘密。

獅峰理王は獣人と人間のハーフである——。

いまだ根強く差別の残る上流階級。その頂点ともいえる獅峰家の長男に、獣人の血が混ざっている。

もし世間に露見すればただでは済まない。一大スキャンダル扱いされ、間違いなく多くの者から攻撃を受けるだろう。

理王の父はそういった過酷さを承知の上で獣人の女性を愛し、妻として迎えた。無論、「獣人との婚姻」などと公表はしなかった。病弱であるとの理由をつけ式は挙げず、表向きには理王を出産後まもなくこの世を去った薄幸の人間——という体をとったのだ。

だが彼女は今も元気に獅峰の館で暮らしている。愛しい夫のそばにいられるのが何よりの幸せだと、毎日を存分に謳歌しているらしい。

理王もそんな仲むつまじい両親を尊敬し、己の血を誇りに思っている。

しかし、立場上知られないほうが良いともじゅうぶんに理解していた。

父と母は獅峰の家と愛する伴侶、そして命よりも大切な我が子の将来のため。

子である理王はそんな両親の愛情に応えるため――このことをひた隠しに隠してきたのだ。

それを特別鼻のいい白野がひょんなことから嗅ぎつけてしまったことをきっかけに、理王は自らの出自を明かしてくれた。

「言ってくれたら、よかったのに」

「お前だって自分のことはあまり話さないではないか」

微かに顎を上げどことなく挑発的な笑みを浮かべた理王は、しかしすぐに表情を和らげて溜め息をついた。

「いや、うむ……抑制薬を処方してはもらっているのだが。その――冬は灯里が、な」

あ、照れた。危うく声を出しそうになる。なるほど、すべての獣人がもとになった動物に準ずるわけではないが、狼の交尾期は冬。この季節灯里の発情が激しくなり、理王もそれに引きずられるということだろうか。それとも、狼の雄は雌の発情に誘発されるという生態のとおり、案外灯里こそ理王の香りに誘われて――？　などと冷静に分析しつつ、実はそれなりに混乱中の白野である。

「どうしよう、大丈夫？　灯里、呼ぶか……？」

「平気だ。この程度耐えられる。しかしお前はつくづく鋭い。相当強い抑制薬でもこれか」

「強いの飲んでて……体は平気？」

「影響のでない範囲で処方してもらっている」

そうはいっても万全の体調とは違うだろう。

だが一度あの衝動と感覚を味わった白野からすれば、たとえ薬を飲んでいるとしても、普通にしていられるだけで驚異だ。

「……理王、訊いてもいいか」

「言ってみろ」

「――自分で処理する時もある？」

「…………――――」

千部もびっくりの真顔で見つめ返されてしまった。

「ご、ごめん……。おれ、おれ――この間ようやく発情期がきて、まだ、勝手がわからなくて……」

「――そうか……いや、なんだと⁉　めでたいではないか！　よかったな白野！」

「う、ん。ありがと」

純粋な祝福に戸惑いつつも、白野はとりあえず礼を言った。

「ふむ。そうだったか。……待てよ……それで最近……ん？　んん？」

理王はしきりに頷いたり首を傾げたりと忙しい。しばしなにやらぶつぶつ呟いたあと、

「なら仕方ない」と納得したようだった。

「——まあ、自慰は……する場合もあるぞ。気は進まんがな。だがやはり想い人——己が求める相手と情を交わすのが、心身ともに一番落ち着くものだ。……白野？　どうした？」

想い人、相手——という言葉に、すぐ在臣の顔が思い浮かび、ぶんぶんと頭を振る。違う。彼は相手ではなくて、いや相手だし想い人なのだけれども、恋人としての相手ではない。あれは手助けなのだ。

「で、他に訊きたいことは？」

理王が質問を促す。律儀というかなんというか。初心者には先輩が教えてやらねば、という気づかいと使命感をひしひしと感じる。申し訳ない。

だがせっかくなのでこの際疑問をぶつけてしまおう。

「た——」

「た？」

「たっ——たり、しない？　仕事中とか。薬飲んでると、そういうのも抑えられるのか？」

かなり爆弾級の問いのはずだが、理王は大真面目に答えはじめた。

「匂いと同じで薬で抑えられはするが、そこはやはり生理反応だからな。器具をつけるしかあるまい」

「き、ぐ……？」

「性器に装着する簡単な拘束具だ。――貞操帯とも呼ぶ」

さしもの彼もそこは恥ずかしかったのか、最後、ふいと視線を逸らす。時期が時期だけに、そこはかとなく色めいた表情に見えた。

白野はあまりにも馴染みのない単語に思考を飛ばし――

「……ぴゃ……」

震え声とともに瞳孔をカッと開いた。

「ちょっと理王さま！」

そこへドアを蹴破らんばかりの勢いで灯里が雪崩れこんできたものだから、もうパニックだ。今度は一メートルくらい飛び上がり、理王の座っていたソファの後ろに身を隠す。

「……今日はどれだけ騒げば気がすむんだ？　灯里」

怒りの重低音が鳴り響くが、白野の耳にはそれがなんとか振り絞られたものに聞こえた。

――おそらく、つらいのだ。

ダマスクローズにも似た高貴な薫香が、どっと立ちのぼる。

「ッ……悪ィ。けど、さっきから匂ってんだよアンタ。今日の仕事はもう仕舞いにしろ」

灯里は言葉づかいをとりつくろう余裕もない。金色の目が爛々と輝いている。本当に爛れ落ちてしまいそうなほど熱く激しい光に、白野の背筋まで粟立った。

「おっ——おれ、片付けておく。鍵閉めるのもやっておくから、理王、先帰っていいぞ」

そろそろと背もたれから顔を覗かせると、灯里が我に返ったように瞬いた。

「白野、あー……すまねえな。びっくりさせただろ」

「うん、あ、ううん。ほら、あとは任せろ。ふたりとも……ええと、お大事に。……うん？　おしあわせ、に？」

どう送り出したものかわからずかけた言葉に、ふたりは毒気を抜かれた調子で笑い、すまない恩に着ると言って執務室をあとにした。

それでも理王は颯爽とひとりで歩き、灯里はあくまで直接触れることなく、しかし大切な恋人の体をかばうように腕を伸ばし、エスコートする姿が印象的だった。


その夜、理王付きになって以来はじめて在臣と部屋で鉢合わせた。明日の遠征の準備があるため早く帰って来たようだ。

会ってしまえば案外どうということはなく、在臣は普通に荷造りをし、白野は洋服を畳んだり身の回りの小物を用意したりとわずかばかり手伝った。

「気をつけてね」

「ああ。白野も。留守中頼んだぞ」

頭をぽんぽんと撫でられ、嬉しかった。ただ温かい気持ちで床に入った。

（どう、しよう——）

しかしいつまで経っても寝つけず、白野は何度も寝返りをうつ。体が火照り、腰が甘く痺れる感覚が消えない。

発情期はいったん終わったものの、まだまだ不安定な状態だ。

（理王と灯里の匂い、嗅いだからかな……）

実は灯里の香りには、部屋に駆けこんで来た時に初めて気づいた。

というのも、彼はいつも微かに香る程度にスパイシーなフレグランスをまとっている。それと発情時の匂いがよく似た香りだったため、うまく紛れていたのだ。おそらく日ごろからカムフラージュとしてトワレを愛用しているのだろう。獣人なのに珍しいなと思っていたら、こういうことだったとは。

今頃ふたりは愛を確かめあっているのか——つい想像しそうになる。

ただでさえ体が刺激されているのに、自らの妄想で煽り昂ぶらせていては世話ないという話だ。

（しずまれ……しずまれ……）

太ももをぴったりと合わせ、なんとか気を散らそうとする。息が熱を孕み、唇を焼く。そうこうするうち危うく声が漏れそうになり、慌てて尻尾に噛みついた。

が――

「白野？」

衣擦（きぬず）れの音とともに、呼ぶ声がした。

「あ……」

仕切りカーテンの向こう、在臣が身を起こしてこちらを窺っている。窓は白野の要望で、寝る時でも薄手の白いオーガンジーのみを引くようにしてあった。空間を隔離（かくり）した今でも、在臣はそれを守っている。

そのせいで窓からの薄明かりに照らされる在臣の影が、白野の目にははっきり映っていた。

体がどっとうるむ感覚。

「……苦しいのか？」

ちがう、と言わなければ。そんなことはない、平気だ。起こして悪かった。ひとりでなんとかする――。

そう、言わなければ。

「――ぁり、おみ」

なのに口は勝手に愛しい人の名を呼んだ。

そろりとカーテンが開き、在臣が心配そうに顔を覗かせる。

「ああ、こら、尻尾噛みすぎだ。毛ェ抜けちまうだろ。ほら、離して」

顎の下をさすられてみっともなく唇が開き、唾液(だえき)が糸を引いた。頭がくらくらして思考がまるで定まらない。夜の海の色の髪、暗がりでもなお美しい夏の青の瞳。ムスクに似た彼独特の香りが肺を満たした途端、たまらなくなってすがりついた。

「う……う……在臣、ありおみ」

「灯里がな、自分も理王も発情期だから、白野も中(あ)てられてるかもって心配してた」

しばらくの間、在臣は黙ったままだった。沈黙の意味はわからない。白野はただみだりがましく自ら求めないようにとだけ念じて、在臣の腕に額を押しつけ耐えた。

「……手、貸すか？」

やがてそう尋ねられ、声もだせずこくこくと頷く。下着の中がじんわり湿(しめ)っているのがわかる。あまりのみっともなさに泣けてきて、鼻が鳴る。

触れられればすぐに射精した。在臣は驚いた風だったが、引(ひ)き攣(つ)る背中を撫でながら体勢を変え、後ろから体を抱きしめてくれた。それだけでどうしようもなく幸せで、心臓が弾けそうになる。彼の胴に尾を絡(から)ませ、頭をすり寄せ、胸いっぱいに息を吸いこんだ。

「うっ、く、ごめ、ごめん、ありおみ」

「いいんだって、気にするなよ。……大丈夫、きっといつかお前の好きな人とできるから、それまでの辛抱(しんぼう)だ」

――？　今、してもらっているのに？　思わずきょとんと見上げると、在臣は穏やかな笑みを浮かべてこちらを見つめていた。

「俺はお前が大事だから、幸せになってほしい。好きな人と、ちゃんと結ばれてほしい」

「だからそれまでの手伝いな」――告げられた言葉に、涙がころりと転げ落ちる。

こんな時でも、こんな自分でも、救いの手を差し伸べてくれる彼の優しさがつらい。

己の欲を満たすためにその優しさを利用して、だめだとわかっていながらいっそう想いは募る。

この日、在臣は白野を抱かなかった。

白野が目が覚ました時、体は綺麗に清められており、在臣のベッドは空っぽになっていた。

6

十二月になり、在臣と灯里は帰還した。

「……以上が今回の報告になります」

会議室の前方中央、三騎士団の団長の視線を浴びながら在臣はまっすぐ前を見つめた。その左頬には大きな絆創膏が貼ってある。横にいる灯里も、今日は無駄口を叩くことなく直立不動の姿勢を崩さない。

「――『六花の騎士団員二名と青嵐の騎士団員二名、国境付近で銃撃に遭った模様』……最初聞いた時は焦ったが、全員無事だったんじゃからそう怖い顔せんでもいいであろう。なあ? 弦音」

七夕星斗――青嵐の騎士団の団長が独特な言葉づかいで言った。体は白野より少し大きいくらいで一見少年にも見えるが、どことなく気品と貫禄のあるたたずまいも相まって、年齢はさっぱり見当もつかない。夜明けの空のような赤味を帯びた黄金の髪を三つ編みに束ね、細い冠のように頭頂部に渡している。

滅多に人前に姿を現さない彼も、今日は重い腰を上げて来たらしい。

「ええ。今の報告を聞いても、特におふたりの対応に落ち度があったとは思えません。……むしろ青嵐管轄の測候所、そのすぐそばに武器密輸出の中継点が作られていたなんて。そちらのほうが問題なのでは？　ねえ？　七夕団長」

にこやかな表情とは裏腹に圧が凄まじい。暗に「まずお前のところの手落ちだろうが」と指摘された青嵐の団長は、渋面で溜め息をついた。

「……んまあ、そうじゃな。調査の応援を頼んだとはいえ、わしらがもう少し事前に気をつけておくべきじゃった。諜報を担う騎士団としてありえん失態じゃ。このとおり、謝ろう。すまんかった」

測候所近くにある山小屋はある老人の持ち物で、現地詰めの騎士たちとも面識のある気のいい人物だったという。しかし最近は年老いたせいで小屋の管理を息子に任せるようになった。そしてその息子が「少しの間小屋を貸してくれないか」と知人に頼まれ、快く応じたところ——国境向こうの風早の国に銃火器を持ち出すための拠点にされてしまい、今回の騒動に発展したのである。取り調べをしたところ親子は関与しておらず、彼らの人の好さが招いた不幸という結論となった。

「いえ、謝罪には及びません。——在臣、灯里、お前たちはもっと穏便に済ませる方法があったにもかかわらず、向こうに不用意に発砲を許した。そしてたとえかすり傷だろうと在臣は怪我を負った。一歩間違えれば命を落としていたとも限らん。俺が言いたいことはわかるな」

「はい。申し訳ありませんでした」

灯里が項垂れる。自慢の尾も、今は力なくだらりと垂れていた。

「――申し訳なかった。以後このようなことがないよう気をつける」

その隣で在臣は理王を強く見つめ返したあと、頭を下げた。本当は二、三言いたいことがあったが、理王の後ろに控えている白野の真っ青な顔を見てしまっては、謝るしかなかった。

「ごめん白野。心配かけたな」

皆が部屋を退出したあと、そう言って頭を撫でた途端、彼は声もなく大粒の涙をひとつこぼした。思わず手を伸ばしてしまうほど美しくまるい水の玉。白野自身突然溢れたそれに驚いた様子で、ふたりは顔を見合わせた。

「あ……おみ」

「うん」

「――……ぶじで、よかった……」

安堵に染まった水色の瞳からばらばらと落ちる涙は天気雨のようで、在臣の心臓はそれこそ銃弾が食いこんだのかと思うほどひどく痛む。

騎士団に入って怪我をしたのが今回初というわけではない。ただこれまではほとんど白野と行動を共にしていた。白野が怪我した時もあれば、在臣が怪我をしたこともある。流血沙汰だって一度や二度ではない。

けれど互いの目が届かないところで一方が怪我を負うような事態に陥ったのは、大人になってこれが初めてだった。

「──あの、在臣さん、白野」

戸口からためらいがちに声をかけてきたのは灯里だ。在臣が「どうした」と応じると、白野は慌てて目をこすった。すぐに手首を摑んでやめさせ、てのひらで軽く押さえて拭いてやった。ハンカチを持っておくべきだったと後悔する。

一段落したと見て、灯里が部屋に入ってくる。

「すみません。オレのせいで」

「いいんだって、あんま気にすんなよ。俺だってとっさに前出て、かえって邪魔したよな」

「そんなことないです。助けてもらって、ありがとうございました……。──ごめんな、白野。オレが銃の臭いにカッとなって、相手を威嚇しすぎたんだ」

獣人は金属と火薬を嫌う。たくさんの獣が銃によって根絶やしにされた記憶が魂に刻まれてでもいるのか、特に銃と──銃を持つ者に対して敵意を抱く。

この世界で火薬武器がどうあっても発達しないのは、獣人と生きることを決めた人間たちが封印を施したから、なんていう話が伝わっているほどだ。

「相手は金のために運び屋やってただけの素人だったのに、オレがビビらせたせいで銃を手にしちまって……」

「んで向こうも威嚇のつもりが、安全装置が外れてて一発ズドンとね。まあまあ次は気をつけるってことで！　白野は怒るなら灯里じゃなくて俺に怒りな。いいか？」

「……怒らない」

「よっしゃ。……あの、でも白野？　さっきからずっとイカ耳なんだけど……やっぱりおイカりなんじゃないでしょうか……」

白と黒の耳は、横に平たく開きっぱなしだ。上から見るとイカのような形なので「イカ耳」。猫好きならびに猫科の獣人の間では馴染み深い単語である。

「それは、しょうがない。おれにもどうにもできない」

怒りというより不安や警戒心などでささくれた気持ちが表れているのか。左右に激しく揺れる尻尾も、静電気でもまとっているみたいにぼわぼわしている。

そんな姿もかわいいと思ってしまう自分に呆れつつ、在臣は白野と灯里を連れ、気分転換においしいものでも食べようと食堂へ向かったのだった。

それから二週間近くが経った十二月の半ば、街は異例の大雪に見舞われた。クリスマス前のこの時期、それも市街地で二十センチ以上の積雪は珍しい。

昨晩の吹雪のせいで一部地域に断水が発生したため、今日は朝から春雷の騎士団が除雪や給水の要具を積み込み、馬車を連ねて出動した。先月気象予測がでて以降、三騎士団が連携し備えていた甲斐もあり、まだ大きな混乱は起こっていない。

「で、俺たちは市中の見回り、と」

「ああ。生活に関する問題ももちろんだが、度しがたいことに非常時を狙っての犯罪も多いからな。昨日のうちに蹄鉄を外しておいてよかった」

白い息を吐く理王はいつもどおりの表情だ。国境での一件で厳重に注意は受けたが、だからといって気まずくなるような間柄でもない。そういったところはお互いさっぱりとしている。

「そうだな。作業してくれたみんなに感謝しないと。うう～……しっかしこの馬上の寒さよ……」

「ハ、軟弱者めが」

肩をすくめて襟巻きに顔（絆創膏はとっくに取れた）をうずめるようにしてみせると、鼻で笑われた。普段の冬支度の上に少し多めに着たり巻いたりした程度の在臣に対し、理王の防寒装備は完璧だ。見回りに何もそこまで……というほどの極地仕様は、多分に灯里のせいでもあると思われる。

(……過保護といっても、過保護にならざるをえないほど幼少期の理王が病弱だった……って話だもんな。俺が白野を大切にするのとなんら変わりないってことだ)

大人だとわかっていても、幼い頃の思い出が心に焼きついている。体に「これは俺が守るべきものだ」と刻みこまれている。

ちなみに雪の中でも身軽な灯里と白野には、市街地へ先行を頼んである。

遠征からの帰還を機に、配置転換は終了した。並ぶ在臣と白野を見て、団員たちは一様に「安心する」と頷いていた。仕事がうまく回っていたのでそこまで気にならなかったが、いざ戻ってみるとやはり在臣には白野、理王には灯里がしっくりくるというのが彼らの感想らしい。

在臣にしてみればずっと体の一部が欠けていたような日々だった。外から見たら大差なかったのと同じく、実際不自由は感じなかった。しかし、どうしようもない違和感が、本来在るべきところへ帰りたいという本能が、いつもどこかで疼(うず)いていた。

それはおそらく白野も同じだったのだと、傷を負った自分への涙を見て思った。

「これ以上積もらないといいんだが……この調子だと無理そうだな」

絶え間なく降り続く雪で白く染まった道に、蹄(ひづめ)の跡をつけながら理王が言う。白馬にまたがる緋色(ひいろ)の髪の騎士の後ろ姿を眺め、イチゴのショートケーキみたいだな、などと考えているのはおそらく在臣くらいのものだろう。口にしたら間違いなく脳天から入刀される。

あちこちの街角に道から除(の)けられた雪が山を作っていた。子供たちは元気いっぱいで、それを取り崩して雪合戦をしたり、逆に固めて城を作ったりと楽しんでいる。

——と、突然上空から白い塊(かたまり)が降ってきた。白野だ。軽く六メートルくらいの高さを飛び降りて平気なのはさすがである。何事かと瞬(まばた)く理王と在臣に、彼は息を切らして告げた。

「在臣、大変だ——!」

「この寒さと雪の中、既にひと晩……」

集まった皆がいっせいに顔を曇らせる。中でも在臣と白野、理王の表情は険(けわ)しい。

——『昨日から獣人の子供一名が山に入ったまま行方不明。虎の獣人、名前は「虎谷(こたに)明(あきら)」くんです』

読み上げられた名前と張り出された似姿は、いつも見回りで遭遇するあの少年のものだったのだ。

「明くんは母親と弟の三人暮らし。隣の津籠(つごもり)家の一人息子、凛(りん)くんと仲がよく、頻繁に行き来がありました。昨日昼、明くんは母親に『今日は凛の家へ泊まってくる』と伝えていたらしいのですが、翌日――つまり本日昼になっても帰ってこないのを不思議に思った虎谷家の母親が津籠家を訪れたところ――」

「実際には泊まっていなかったことが発覚した、と」

「山へ行くために嘘をついたのか？　しかしまたなにゆえ？」

立て続けに言葉を継ぐ春雷と青嵐の団長に、灯里は植物図鑑の一ページを開いて見せた。

「凛くんと明くんの弟に聞いたところ……おそらく『星の花』の採取が目的ではないかと」

灯里の言葉を耳にして、白野の尾が思考を巡らせる動きでくにくにと揺れる。

「星の花」とは曙立の国固有の珍しい花で、冬、月のない夜に花開き淡く光ることからそう呼ばれる。昔は魔術やまじないを使うための素材になったなどといわれているが、現代においては――

「いわゆる強心薬の材料として珍重される希少植物だ。弱った心臓を動かし血流をよくする効果がある。ごくわずか市場に出回ってる物は値も張るし乾燥させたヤツなんだが、本当は光ってる時に採ってすぐ使うのが一番効果が大きい。凛くんの母親は確か心臓の病気だったから……それで採りに行こうとしたんだろう。真冬の新月の夜にしか咲かない花なら、今しかない」

「さすが、免許を持っているだけあって薬剤の知識が豊富ですね」

在臣が医師と研究家夫妻の息子であることは周知の事実だが、在臣自身も医学薬学に精通している点については意外と知られていない。

「では子供の目撃情報からおおよその入山地点を絞り、星の花の自生地などの情報を参考に捜索範囲を決めましょう。ことは一刻を争いますので迅速に。青嵐と六花にもご協力を願います」

「無論だ」

「うむ。存分に使うてくれい」

この大雪の出動で既に春雷の人手が割かれている状態のため、すぐさま三騎士団合同の捜索隊が編成され、森へと向かうこととなった。

六花からは野外演習や雪中行軍についての経験と知識が豊富な在臣をはじめ、白野や灯里など寒さに強く持久力のある団員が連なる。

青嵐からは測量探索が得意な者が加わり、捜索する範囲の区割りを担当してもらう。

そして地元自警団と合わせ、総勢四十名近くが山に入った。

「……駄目です。昨晩の雪のせいで足跡も見えない。匂いも嗅ぎつけられません」

結局、手がかりさえ見つからないまま夕刻を迎えようとしていた。まず目的地が明確にわかっていないのが厳しい。入山ルートはある程度限られているのでおそらくここであろうと見当はついたが、そこから捜すにしては範囲が広すぎた。中腹部より上、比較的湿り気の多いところで咲くという以外にも何かヒントがないと、このままでは砂漠から真珠を一粒見つけるのと大差ない作業になってしまう。

「しかし沢沿いは重点的に見たしな。他に思い当たる場所はあるか？」

在臣たちの部隊も成果なしの状態で顔をつき合わせている。

「もし……沢から足を滑らせて落ちていたとしたら……」

団員のひとりが思わずといった風に言いさして、ハッと口をつぐんだ。

滑落時の怪我も心配だが、体が濡れるのはとにかくまずい。日没はもう目の前だった。冬の寒さの中、ひたひたと闇が這い寄ってくる。加えて雪も激しくなり、風がでてきていた。

これで吹雪けば、相当危険だ。

おそらく誰もが最悪の事態を想定しつつあるのが空気でわかる。それでも不安をはねのけようと声を出し合い足を動かした。

やがて、撤収の合図の笛が鳴った。

——明朝、日が昇り次第捜索を再開する。

その言葉と共に今日は解散となり、騎士団は現場の山からほど近い翡翠宮へと引き上げた。理王は無言で在臣の肩を叩いただけだった。納得がいかない顔をしていた自覚はあった。

だからといってどうにもできないことも重々承知だ。できることといったら、風呂にでも入って体を温め食事を摂って、ちゃんとベッドで眠って体力を回復して、明日に備えるしかない。

……もしかしたらその間に、子供が凍えて死んでしまうかもしれないのに？

ここから見える黒い森のどこかで、今も小さな命が助けを待っているかもしれないのに？

既に胸に決意じみたものが芽生えつつある。在臣の思考は明日の朝より前、迫るこの夜に向かって走りだしていた。

きっとそのせいだ。いつも真っ先に言葉を交わすはずの白野の不在に、気づくのが遅れたのは。

「白野？」

森から出るまではずっと視界のどこかにいたのに、どうしたのだろう。

「白野ですか？　オレが見たのは現地本部会議解散してすぐ、ちょっと確認したいことがあるって水晶宮へ向かってったトコでしたけど……」

「寮のほう？　本部の翡翠宮じゃなくてか？」

灯里の話に違和感を覚えつつ、在臣はひとまず水晶宮の自室へと引き上げることにした。

だがどんどんと嫌な予感が募る。

「白野！　帰ってるか？」

部屋に白野は戻っていなかった。在臣の視線は真っ先に本棚を探す。確か――確か家から持ってきていたはずだ。自分が幼い頃に愛用していた携帯用の植物図鑑。あれには星の花の分布図が載っていた。もちろん今日も捜索範囲には入っていただろうが……大事なのはその挿絵。具体的な場所を示す唯一のヒント。

「――ない」

――やられた。やってしまった。

焦燥感が脳を突き刺す。

「在臣さん？」

ノックの音と呼び声にドアを開けると、灯里がひとりで立っていた。声を潜めて尋ねながら、部屋にすべりこんでくる。

「どうしたんです？」

「灯里、白野はたぶん山に戻った」

「戻った⁉　子供を捜しにってことですか？　さすがに白野ひとりでそんな無茶しないでしょう。装備を解くのに手間取っているか、手洗いにでも行ってるんじゃ……」

そう口にした端から、灯里は「いやでもそれはないいな」という顔になる。これまで発情期だろうとなんだろうと、仕事に関してだけは連絡を怠ったり手抜きはしなかった白野だ。ましてやこの状況で単独行動というのは考えられない。

「……根拠は？」

「——俺が、そうしようとしてたから」

「はァ？」

子供を見つけられないまま山を下る時、もちろん白野自身胸を痛めただろう。だが、きっと彼は「在臣がどんなにつらいか」を想像したはずだ。

二十年近く一緒にいた。相手が何を感じ、次にどうするかなんて、息をするよりも自然にわかる。

(だから俺も白野のことはわかるよ)

「俺が『もう一度山に入ろう』と思ったのと同時に、おそらく白野も『在臣はもう一度山に入ろうとするだろう』って結論だしたんだと思う」

——けれどいくら在臣といえど人間の体でこの寒さの中、そして日没後に雪山へ向かうのは無謀がすぎる。言って止めても聞かないに違いない。だったらまだ寒さに強く、ひと晩くらいならばどうとでもなる自分が向かい、せめて子供の保護だけでもできれば——。

と、自分の思考をなぞったであろう白野の頭の中を、在臣は再度たどってみる。

「あー……なるほど……。その、ま、わからなくはないです。オレも似たようなこと考えるでしょうし、白野……こないだのことがショックだったみたいですからね」

ひとり取り残される恐怖を感じたばかりの、このタイミング。

「アイツは在臣さんが死ぬくらいだったら、自分が死んだほうがマシなんだろうなァ……」

眉間に皺を刻み、思わずといった様子でこぼれた灯里の言葉は、しかし在臣の大声によって掻き消された。

「クッション！」

「はい⁉」

ベッド横のベンチソファに並ぶ瑠璃色のクッションの山を掘り返す。白野が物を隠す時はたいていここ。小さい頃も、なぜかクッションの裏にいろんなものを忍ばせていた。きらきら光る石、母が在臣の服を縫った余り布と綿で作ったボール、在臣と一緒に出かけた時に拾ったどんぐり——なぜかたまに在臣の靴。

「あった……！」

本棚から抜けていた植物図鑑。それに赤ペンで印がつけられた地図と一枚のメモ。

——『子供と花、さがしてきます』

「そう……そうだ。星合谷。これはどこだ？　今日行ったか？」

在臣が指さした絵図を見て、灯里が「大犬の壁じゃないですか」と顔をしかめる。「そっちは絶壁ですよ。子供が行ける場所じゃない」

「よしわかった。灯里、あとは頼んだ！」

在臣は叫びその場をあとにした。

「頼んだって在臣さん……！」

主従のいなくなった部屋でひとり、灯里はがっくりと肩を落とす。

「アンタらの絆はスゲェなあまったく。……ウチの王様が言ってたとおりだわ」


うん。まあしかし、こういうことになるだろうとはうすうす思ってた——。

在臣はいっそ清々しい気持ちで笑った。

翡翠宮に取って返し、野営用の荷物を手早く用意したあと、こっそり通用口から出ようとしたところで待ち構えていたのがこの男だ。

「理王、こんなところでどうしたよ？」

「お前こそどうした？『本日の捜索は終了』と、先ほど告げたはずだったが」

ごつん、と磨きこまれたブーツの踵が床を叩く。在臣はとっさに一歩あとじさった。ぞっとするほど品よく整った笑みに、早くも野外へと放り出された気分になる。

「団長命令だ、戻れ在臣」

弧を描いていた唇を引き結び、大剣を両の手で構え理王は言った。

「おーおー物騒だな。俺をぶん殴ってでも止めるつもりか？」

「そうだ。命が惜しくば今すぐ戻って、明日の救助に備えろ」

いつもの気安さなど微塵もない。どこまでも冷徹で厳かな声音にうなじの毛が逆立つ。

このまま進めば、彼は間違いなくその剣でもって行く手を阻むだろう。

「ンなこと俺ができると思うか？」

引き返すなどありえない。

かといって剣戟に応じていては白野を捜す前に体力を削られ、結局は理王の思惑どおりになってしまう。

「できないだろうな」

盟友の返答に、在臣は肩をすくめ薄く笑った。

どの時点で気づかれたのだろう。少なくとも、灯里が部屋に来た前後。既に行動を読んだ上で灯里を寄越したのか、それとも灯里が急ぎ理王に報告したのか。別にどちらでもいい。とにかく、白野の装備が返却されていないことを確認し、ならば在臣もあとを追うはずだとここで待ち伏せていたのだ。

「さすがだぜ。わかってるならどいてくれると嬉しいんだけど」

「白野が山に入ってしまったのは、団長である俺の監督不行き届きともいえる。お前を——主のみを責めはしない。白野が戻ってきたらまずは説教して、そのあと三人で反省会だ」

「戻ってきたら」という言葉には力が籠もっている。まるで自分へ言い聞かせるように。

「――だが、貴様が自らの意思であとを追うことだけは絶対に許さん。もう一度言う。これは団長命令だ、五十嵐在臣。六花の騎士団副団長としての自覚があるならば、勝手な真似は慎め」

理王の剣の切っ先が改めて在臣に定められる。在臣はというと、得物を手にするどころか両手を腰にあてて天を仰いでいた。

「ま、お前はそういう奴だよな理王」

「………………」

「俺はこれでも六花の副団長サマ。ここでわざわざ出張って失敗したら、かえって騎士団の看板に泥を塗ることになる。その点、白野は寒さにも強くてひと晩くらい雪山で耐えることは可能だろうし――なにより多少肩書きがあってもあくまで獣人の一兵卒だ。そんで子供も獣人。……つまりふたりとも、その他大勢でくっちまえる『普通の人』。何かあったとして、忘れ去られるのも早かろう――ってか」

意地の悪い言い方に、理王の顔が歪む。彼がたまに使う手法を使ってみたのだが、なるほど、たとえ思ってもない言葉だろうと言うほうも相当に気分が悪い。理王はどうにも被虐的……というより自罰的なところがあるようだった。

「——お前が言うことを否定はしない。万が一、副団長の身に何かあれば、皆に動揺が広がる。俺たちが護るべきは民の安寧なのを忘れるな」

「でも俺が助けに行って死んだとしても、ワンチャン悲劇の英雄扱いになって、騎士団の評判上がったりするかもよ？」

「在臣！」

さすがに悪ふざけが過ぎたか、怒気で真っ二つにされたかと思うような気迫だった。これ以上は話し合いにならないと判断したのか、理王の呼吸が変わる。あと一歩踏みこまれたら激突必至だ。

それでも在臣に闘う気はない。武器はあくまで心と言葉と決めている。

「なあ。騎士の心理試験みたいな奴でさ『あっちで助けを求めてる人が十人います、でもそれを助けに行くとこっちの百人が死にます。その時、あなたはどうしますか？』みたいなのやったことあっただろ。お前はアレなんて答えた？」

「…………——」

実際はもっと具体的で胸糞の悪い質問だった気がするが、よく覚えていない。細かい数字なんてまったく関係ないのだ。

要するに、多数を救うため、少数を犠牲にするかどうかの選択。

察しのいい理王はすぐに顔をしかめた。

「お前は十人を助けには行かない。百人の安全を選ぶだろうな」

　返事はない。代わりに飛んでくるのは「どうせお前は違うのだろう」とでも言いたげな、批難の視線。かまわずに話し続ける。

「俺もそれが正解だと思う。お前も普通の奴らも、それを選ぶのが正しい」

「ハ、意外だな。お前がそのように言うなど」

「わっはっは！　そうだろうそうだろう！　そして理王、お前はたとえその見捨てる十人に灯里やお前の家族が入っていたとしても、同じ選択をする」

　金緑色の瞳が微かに見開かれた。

「だから俺はお前を心から尊敬してる。どんな時でも、たとえ誰が見ていなくとも、騎士の鑑（かがみ）であろうとするお前を」

「フン……。明日は槍でも降るのか？」

「そうだなあ、雪はもう降ってるしな！　うん、でさ、俺その質問の何が気に食わなかったって、ひとりに全部の責任おっかぶせてるとこなんだよ。なんでそんな究極の選択を、たったひとりにさせるんだ？　おかしくね？」

「質問は質問だ！　詭弁（きべん）で問題を捻（ね）じ曲（ま）げるな！」

　真剣に同意を求めたつもりだったのだが、怒鳴り返された。けれど理王の顔には明らかな動揺が浮かんでいる。

「そりゃ質問は質問だけど、現実はそうじゃねェだろ。お前がいて——俺がいる。お前が百人救うなら、俺が十人を助けに行くんだよ」

「——」

「お前はどこまでも団長として騎士として正しくあろうとする。だったら俺はお前ができないことをする。したくてもできないことや、切り捨てたくないのに切り捨てなきゃいけないもの。そういうのを、俺は俺の心に従って、やりつくして拾いつくす。お前が団長だから——百人任せたら絶対百人護ってくれる奴だから、俺は安心して十人を助けに行けると思って……副団長を引き受けたんだぜ」

人の上に立つ者は憎まれてなんぼ。妬み恨みはご存分に——。

そう口にだすのは、彼なりの覚悟と誠意。

自分が目指す道のためには、手を差し伸べたくてもできない時があると——何かを犠牲にすることがあると、理王は知っている。

だから言うのだ。最後に決めるのはこの俺。他の誰でもない、団長である我こそが、すべての責を負う者と。

彼は決して道を違わない。いつか取りこぼし続けた人々の矛先が一斉に自分へと向き、刺し貫かれる時がきたとしても、誇らしげに笑ってみせるだろう。

それが騎士道に生きる男——獅峰理王という、在臣の友人の在り方だ。

「……お前は、本当に馬鹿だな」

小さく鼻を啜る音が聞こえた気がした。

「あっれー？　もしかして理王くん泣いてますぅ？」

「泣くか、たわけ！　ああクソ、腹の立つ……。つまりその十人にあたるのが、今の白野と子供だと言いたいんだろうが……いちいち関係のない話で煙に巻こうとするな！」

「関係はあるさ」

おおいに、ある。

「副団長の俺は、団長のお前あってこそ――。そして俺がここにいるのは、あいつのお陰だ。白野がいてくれなかったら、俺は六花の騎士になんてなれなかった」

誰かを守りたいと思った気持ちは、白野に出逢ったあの日から。

「今行かなきゃ、俺は騎士じゃない」

前を真っ直ぐ見すえて言い切ると、胸が軽くなった。

「それに本当は理王だって、今すぐ子供を助けたいって思ってるはずだろ。白野のこともさ、お前、好きだって言ってくれてたじゃん！」

――ならやっぱり行くべきなんだよ。五十嵐在臣としても、六花の騎士団副団長としても。お前がしたくてもできない無茶は、俺がしてくる。

理王が細く長く息を吐いたのがわかった。説得は終わった。

7

在臣(ありおみ)は人間にしては夜目(よめ)がきくほうらしい。士官学校や騎士団で野営をした際、夜間灯かりも持たずに用を足(た)してきたり人の顔を判別したりして驚かれたことがある。

「悪いな灯里(ともり)」

「いいえェ」

不幸中の幸いなことに、子供が入ったのは騎士団本部からそう離れていない山の中。馬で戻ればすぐだった。

日没直後の森は既(すで)に暗く、月はないものの星明かりと一面の白雪で足元はだいぶ明るい。視界も広く澄んでいて、今日は一段と見通しがよく感じられた。

それよりも厳しい寒さがこたえる。ありとあらゆる防寒具を着こんでいても、軋(きし)むような冷たい空気が体を蝕(むしば)む。在臣の心中を表すかのように、歩を進めるたび足元でぎゅうぎゅう雪が鳴いた。

「平気です?」

「まあ、なんとかかな。寒さで集中力飛ばして転滑落だけはしないよう心がける」

「そうしてください。白野は寒さや雪にずば抜けて強いから大丈夫だと思いますけど……」

語尾が濁る。

果たして子供はどうか。成長の早い獣人の子といっても子供は子供だ。大人に比べて脂肪は薄く、体重に対して体の表面積は広く、そのぶん熱放散が格段に大きくなる。体温などあっという間に掻っ攫われる。

「……こっちですね。なるほど、こりゃあさっきの捜索範囲よりさらに向こうの斜面だ」

白野は目印がわりに木の幹に匂いを残しているらしく、たどるにはさして難儀しないようだ。残していった地図もある。

「ここらへんでいいぜ、もう灯里は戻れ」

「……見送りするくらいならついていこいって思いません？」

「思わないな」

きっぱり返す。団員をひとりでも多く巻きこめば巻きこむほど、あとが大変になる。たとえ万事うまくいきましたとなっても、結果論でしかない。

そもそもそんなことを言いだせば、夜目のきく獣人で捜索隊を編成しろという話になりかねない。

「俺だって別に死ぬつもりで行くわけじゃない」

「それは承知してます。在臣さんは感情的で死ぬほど無茶するけど、死にに行く人ではないですもん。いざという時は冷静で、状況ちゃんと見えてるし」

「お～？　理王と違って灯里には意外と評価されてんのな、俺」

どうせ理王との問答もどこかで聞いていただろうとおどけてみせると、灯里は「理王さまも在臣さんのこと評価はしてますって。心配してるだけで」と気まずげに頭を掻いた。

「でも、理王さまの心配もオレわかりますよ。在臣さんて、自己犠牲感なく自分を犠牲にしそうだから。死ぬ気はないけど、自分が死ぬのが最善の方法ならそれを選ぶのを厭わない……そういう感じです」

「そうかあ？　そんな高潔な志は持ち合わせてないぞ俺は。……理王にも言ったけどな。俺は我慢できないだけなんだよ。なんだって最後はただの自己満足。どんな時でも、俺が白野をひとりにしたくないだけだ」

――お前だって同じだろ？　こういう時こそ、灯里は理王のそばにいてやらないと。

そう言うと灯里は呆れ混じりに溜め息をついて薄く笑った。

「……うん。オレは理王さまの、在臣さんは白野の隣にいなきゃ……ダメですね」

「ところでさ、別れ際、理王になんか呪いみたいなのかけられたんだけどアレ何？　てのひらで目隠しされて、夜の護りがうんたらかんたらってやつ」

「呪いじゃなくて呪いですよ」

「字ィ一緒じゃん！」

「理王さまなりの精一杯の力添えだと思ってください。気持ちってやつですよ気持ち。精霊の加護があらんことを、ってよりは、痛いの痛いの飛んでけ〜、みたいな。言い方を変えましょう。おまじない、です」

「ふうん」と在臣が胡乱げに唇を突きだすと、灯里は振り返ってもいないのに笑った。

「――はあ、ここまでの道中で見つけられたらよかったんですけど」

彼いわく、森に入って三十分で白野か子供が見つからなければ、印をつけてひとりで戻って来るよう命じられているとのことだった。

「今日の記録係兼、明日の案内係ってワケだ」

「肝心なところは人任せみたいで、嫌な役ですよ。……ま、自分で選んだんですけどね。理王さまが多くの民、在臣さんや白野がそこからこぼれ落ちそうになった人たちを助ける騎士なら、オレは理王さまを生かすためになんでもする犬なんで」

人間より鋭い歯を覗かせて笑った灯里の、それもまたひとつの騎士道なのだ。

「灯里」

「なんです？」

「俺、お前のそういう極端で尖ってるトコ、けっこう好きだぜ」

「……はー……やっぱアンタ最強だな。――では、副団長殿、どうかご無事で」

「おう。先導助かった。また明日の朝な」

「ええ。また、明日迎えに来ます」

別れは軽く手を挙げるだけ。すぐにそれぞれが進むべき道へと向き直る。寒さと風雪を考慮すれば、動くにしてもせいぜい二時間が限界。それも足元を慎重に確認しつつになるので、どの程度の距離を行けるかはわからない。

ただこの場所を在臣は知っていた。地図を見てすぐに思い当たった。時間帯が違えば景色も違う。以前来た時も冬だったが雪の量が違う。

けれどひとり不安を抑えこんで歩いた道を、ちゃんと足が覚えている。

笛を咥え、思い切り息を吹きこみ、しばらく耳を澄ます。またしばらく歩き、合図を送る。似たような景色の連続に、時間や体の感覚が徐々に麻痺しそうになる。ぼんやりしないよう頭の中では常に歩数をカウントした。歩幅と計算すれば、進んだ距離もおおよそ把握できる。

白野は無事だろうか。子供を見つけられただろうか。

雪豹の獣人である彼は、夜目も鼻も抜群にきく。小柄でもひと蹴りで十メートル以上の距離を跳べる。これ以上なく夜間捜索には向いているのだから、自分なんて足を引っぱるだけなのかもしれない。優秀といわれても、それはあくまで人間の中での話だ。

でも白野は書き置きを残した。

（確かあの時は泣き声が聞こえたっけ）

「――……――」

ぴいぴいと甲高く、懸命な、

「――ョ。ピーョ」

そうこんな……いやこれよりもっと胸が締めつけられるような声だった――。

「音？」

今確かに音がした。

あたりを見回し、発生源の方向にランタンをかざして目をこらす。――と突然、巨大なぜんまいの新芽じみたシルエットが、雪の向こうににょきっと生えた。

続いて小さな笛の音と、耳慣れた――しかしわずかばかり調子の違った足音が近づいてくる。先がゆるく丸まった、長く美しい尾っぽがゆらゆら揺れる。

「……あ――……在臣？」

「は――くの。……いた！　白野！」

灌木帯でちょうど風が遮られる場所に、白野が立てたテントはあった。

「明！」

真っ白な顔色で寝袋にくるまり横たわっている虎の獣人の子供に、在臣はすぐさま駆け寄った。

「──っ、意識は？」

「おれがたどり着いた時はギリギリあったんだ。──大犬の壁の岩棚に座りこんでて……」

「岩棚に？」

信じられない、と思わず目を見開く。垂直に近い岩壁の突き出して棚状になった部分、おそらく明はそこに星の花を見つけた。ずり落ちるようにしてたどり着いたはいいが──登るには険しく、飛び降りるには高すぎて立ち往生した。

「その場所でまる一日だなんて──途中で意識を失って落ちても不思議じゃない」

「かろうじて風向きがよかったんだと思う」

とはいえ極寒の絶壁、足を踏み外せば真っ逆さまに谷底へという狭い足場で、極度の緊張と風雪にずっと晒され、心身ともに限界だったのだろう。

白野が駆けつけた時、やっとのことで尾を振って反応できる程度だったという。

そしてそのまま気を失い、崖から落ちそうになった。

「……跳んだのか」

険しい顔で見つめると、白野は獣耳を寝かせて俯いた。さっき再会した時の違和感の正体だ。足を引きずっていた。

しかし今は子供の命を救った彼を褒めこそすれど、叱責する場面ではない。

肌に触れた感じや体の震えがほぼなくなっている様子からして、深部の温度は相当低くなっている。

毛布で体を包んで温めても、自力で体温を取り戻せるかどうかギリギリのところ――。

「明……明！　在臣兄ちゃんが迎えに来たぞ、しっかりしろ」

「――……――……ァ……」

「昏、動いた……！」

白野が声を上げる。日中であればすぐに医者のもとへ運ぶところだが、吹雪の夜道を戻るのは非現実的だ。幼い体のことを考えるなら、ここで朝を待つほうがいい。

（ただこの状態でもうひと晩、越せるか――？）

「ようし。つらいだろうけど、今は寝るな。気をしっかりもて」

屈みこんで幼い頰に自分の頰を押し当てる。耳当て付きの帽子に口もとまで覆える首巻をしていても、雪の中歩いてきた在臣の顔は冷たい。しかし明のほうはそれよりも遥かに冷えていた。

「せめて飲み物が飲めたら全然違うんだが……」

見回したテントの中に、場違いなものが置いてあることに気づいた。淡く光を放つ花。半透明の硝子細工のような花びらに、つやつやとした飴細工のような茎と葉の、それこそ星の花だった。

明は目的を果たし、守り抜いたのだ。

「明、白野、これ葉っぱもらってもいいか」

「え、それ、心臓の薬じゃ……」

「そうだ。この種になる部分、子房が薬としておもに使われてる。ただ……俺が読んだ本で、葉を煎じて飲んでた記述があったんだよ」

「お医者さんの本？」

「……魔法使いの本」

慌てて白野が額に手を伸ばしてきた。熱があるのか、それとも低体温症の錯乱状態なのかと心配したのだろう。残念ながら正真正銘正気である。

「星の花が光るしくみってのは、実はいまだにわかってないんだよな。光るキノコとも違う。葉を調べても特に何の成分も検出されない。けどその本には『体を温める命の種火になる』って書かれてた。こいつを煎じて飲んで、吹雪の雪山で三日三晩ポカポカだったたってさ」

毒がないことはわかっているのだから、やってみる価値はある。

白野はしばらく信じられない様子で口と目を半開きにしていたが、主人が携帯用の火熾し器具を取りだすのを見るや、弾かれたように動きだした。

作り方というほどの作り方でもない。葉を一度火で炙り、湯の入ったケトルに砂糖と一緒に入れて煮出すだけ。

「明。聞こえるか？　あったかい飲み物、舐(な)めてみるのどうだ？」

テントの中は在臣が加入したことで狭くなった。しかしそのぶん温度もわずかながら上がっている。

「——ぁ、ぃお……にィ……」

また明の唇が薄く開いた。「在臣兄ちゃん」と言いたかったのであろう。

「おう、強い子だ。ウエッてなるかもしれないが、これ吸ってみろ」

お茶を浸(ひた)したガーゼを軽く口に含ませると、顎(あご)がもごもごと動く。

「あまい」と言った気がした。ついでにうっすら笑ったようにも見える。

「白野も飲め。足は？　手当てしたか？」

「まだ、してない」

「着替えは？」

「明にぜんぶ、着せてる」

「はいよし、ここにあるからまず汗かいたんなら着替えて、かいてないなら上から着ろ」

緊急時の在臣は三倍速——と誰が言ったかは知らないが、普段頭や体の大半は眠っているのは本当だと感じる。迷っている場合でもためらっている状況でもない。考える暇があったら動け、という五十嵐(いがらし)の血が、自分にもしっかり流れている。

ひととおり装備を整え直し、白野の足をがっちり包帯で固定してから、冷めかけた茶をもう一度火にかけて飲んでみた。その間も、明への励ましの声は絶やさない。

「……ふしぎな味」

「なんだろ……。炭酸入ってないのに、ソーダみたいな感じがしないか？」

「する。シュワシュワホカホカ……あったかい……」

温かい飲み物は体温を上げるのにてきめんの効果を発揮するが、それにしたってこの星の花茶は胃袋に懐炉を仕込んだかのような温かさだ。

ようやく白野の緊張もゆるんだのか、尖りっぱなしだった耳が軽く横に開いていた。

一時間ほど経った頃。少しでも体温を分け与えようと明の両脇に陣取っていた在臣と白野は、微かな呼びかけを耳にした。

「……に……ちゃ」

「――明？」

「あり、――に、ちゃ……さっきの――も、と、飲みた……」

明の体に、ぬくもりが戻ってきていた。

星の花茶を数度に分けて飲み干し、意識がはっきりしだした明がまず口にしたのは、家族のことだった。お母さんは泣いていただろうか、怒っていただろうか――。その次に、隣家の幼馴染について、自分のせいで怒られていたらどうしよう――、と心配した。

そして在臣と白野のふたりには「ごめんなさい」と。

「……お前が無事でよかったよ」

在臣は笑った。

「怒らない、の……？」

「う～ん、大人としてはいちおう怒るぞ。家族やいろんな人たちを心配させたのはよくないことだ。そこは反省して、帰ったらごめんなさいしような」

ぐりぐり頭を撫でてやると、明は少しだけ涙ぐんで頷く。

「でも、誰かを助けたい……何かしてあげたいって気持ちは、ずっと持ってろ。決していけないことじゃない。むしろそれこそ騎士になるために一番大事なものだ」

そこで在臣は白野に、「あの話してもいい？」と尋ねた。白野は「う」と一度目を閉じ思案顔になったが、すぐに「いいぞ」と許可をくれた。

「じゃあ、ここだけの秘密ってことで。白野は小さい頃、お前と同じように星の花を採りに行こうとして、森で迷子になったことがあるんだ」

えっ、と明が声を上げる。在臣はしーっと指を口にあてた。

「……薬にするためとかじゃなく、図鑑を見てた俺が『こんな花があるんだって』って白野に教えちまったのが原因だったんだけどさ」

「ち、ちがう……在臣が原因じゃ……」

「共犯みたいなものだろ?」

片目を瞑って笑いかけてみれば、白野は頬を赤らめうつむいてしまった。

――『白野、見てごらん。星の花っていう花は、冬の新月の夜にだけ開くんだって。いつか本物、一緒に見てみたいね。きらきら光って綺麗なんだろうなあ』

あれは白野が来てちょうど一年が経とうとしていた頃。

本当に不用意な、ちょっとした一言がきっかけだった。

学校から帰ってきたら、白野が部屋にいなかった。

てっきり庭に出ていると思ったらそこにもおらず、部屋の床には図鑑と地図と一枚の紙片が残されていた。

『おはな、とりにいってきます』

「な」の字の丸の部分が逆を向いていたり、「て」が「へ」に見えるような文字で綴られた手紙。すぐに星の花を採りに行ったのだとわかった。その日は新月の晩だった。

白野の成長は獣人にもかかわらず格段に遅く、まだ人にも土地にも外出にさえ慣れていない。森へ行くのだってひと苦労だろう。在臣は白野の書き置きをポケットに忍ばせ、代わりに「白野と一緒に友達の家に行って来る」とまた別のメモ書きを残し、家を出た。

「はっはっは、いやあ、子供の嘘や言い訳ってだいたい似るよな！　そういう意味で白野の置き手紙はド直球だったからわかりやすくてよかった！」

「よかったよ」――繰り返して白野に視線を注ぐ。今回の書き置きも含めて、伝えてくれてよかった。

白野は過去の失敗を暴露される恥ずかしさが勝っているようだが、在臣の言葉には獣耳がしっかり反応していた。

「それで、どうしたの？　白野兄は……すぐに見つかった？」

「ああ。白野は……そう、森に入って三十分くらいのところで見つかったよ。今日と違って雪はうっすらとしか積もっていなかったし、まだかろうじて明るかった。水辺で滑ったんだな、足くじいてびしょ濡れで震えてた」

か細い鳴き声を頼りに進んだ先。

登山道からさして外れた道でもなかったが、鬱蒼とした森でひとり途方に暮れていた白野はどれほど心細かっただろう。

『――おみ、ありおみぃ……！』

『白野！』

「ぐうっ、オレとおんなじだ……」

在臣とて道中気が気ではなかった。白野はきっと——必ず無事だと言い聞かせながら名を呼び歩き続けたけれど、あの小さい体でもしどこかから転げ落ちていたらどうしよう。怖い動物に遭っていたらどうしよう。嫌な想像がつぎつぎ頭を駆け巡り、何度も泣きそうになった。

だから擦り傷だらけでへたりこむ白野を見つけた時、「生きててよかった」と言って抱きしめた。思えばいつだって壊れ物を扱うように触れていたのが、あの日初めて、力の限り抱きしめたかもしれない。

白野は泣いた。

おそらく——五十嵐家の子供になって初めて泣いた。

「ごめんなさい」と「ありがとう」を繰り返す白野を、在臣はおぶって帰った。

途中どうしてこんなことをしたのか尋ねた。

『たんじょうび』

『へ?』

『ありおみの、たんじょうび。はくの、なにかあげたかった。ありおみのよろこぶものあげたくて、でもはくのには……なにもないから……』

……だから、星の花を採りに行こうとした。

——『いつか本物、一緒に見てみたいね。きらきら光って綺麗なんだろうなあ』

たったそれだけの言葉を握りしめて、白野は苦手な外の世界に、ひとりで挑（いど）もうとしたのだ。

星の花を見て、在臣が笑ってくれたら。そう思って。

瞬間、背中に乗る軽い体がとてつもなく重く熱くなったのを覚えている。もちろんただの錯覚で、白野は相変わらずぐすぐすと泣き続けていたけれど。

『ありがとう、白野。僕は……白野がいてくれるのが一番嬉しい。なにもなくなんかないよ。大丈夫』

『……はくの、これからもありおみといっしょいて、いい？』

『ああ、ずっと一緒だよ。僕が白野のこと守ってあげる。だからいつかまた、星の花をふたりで探しに来よう、な？』

「……って俺、言わなかったっけ？　白野ぉ。ま〜たひとりで来ちまってお前ってヤツは！」

「……――！　ごめん、ごめんなさい！」

大げさに怒ってみせると、白野は三角耳を手で折りたたんで必死に謝った。

「在臣兄ちゃん、白野兄を怒らないであげて。白野兄、このあいだ在臣兄ちゃんがケガしたの、怖かったんだって。だからひとりで来てくれたんだよ。すごく、すごくかっこよかった。もしかしたらもうだめなのかもって思った時、白野兄がオレを見つけて飛んできて

——本当に空を飛んで来てくれて、まるで天からの使いみたいだった……。だから、ありがとう白野兄。在臣兄ちゃんも、ありがとう」

心からの感謝と憧憬がこめられた言葉に、白野は照れくさそうに首を振り、「明が頑張ったお陰だ」と微笑んだ。

「……オレもね、役に立ちたかったんだ。……誰かを助けたくて……凛は大事なともだちだから。だけど、どうしよう……オレがいらないことしたから、——凛たち、迷惑だったかな。もう、遊べなくなっちゃうかな……」

唐突に明の声が涙に滲む。在臣は再び手を伸ばし、今度はその顔を両手で挟んで微笑みかけた。

「明、あのな、さっきも言ったろ。誰かを助けたいって思う気持ちは絶対に間違いなんかじゃない。失敗は失敗で次に活かせ。お前が好きな友達なら、信じろ。きっと凛にはお前の気持ち伝わってる。それを信じろ。大丈夫。凛も、凛の母さんも、お前の母さんも、みんなわかってくれる。お前が誰かのために一生懸命がんばったこと。ちゃんとわかってるよ」

父親不在の獣人の家と、母親が病弱な人間の家。在臣が凛の母の見舞いに家を訪ねた時、彼女は虎谷家への感謝をしきりに口にしていた。体の弱い自分に代わり、少し内向的な息子の面倒を本当によく見てくれるのだ——と。

子供が互いを思い合っているように、母親たちもまた、相手を気づかい支え合ってきたはずだ。しこりは少し残るかもしれない。双方の申し訳ないという気持ちが、関係をぎこちなくさせてしまうかもしれない。

だけどこの子がいれば、大丈夫だろう。

「よかった……」

安堵と喜びの入り混じった溜め息が白く煙る。それだけ体が熱をもったということだ。

「……明、さっきは眠かったのによく我慢したな。夜が明けるまで、あとは少し休んでおくといい」

「ね、寝たらそのまま目が覚めないとか、ない……？」

「もう心配いらない。風も遮ってあるし、防寒具もたくさんある。もちろん俺たちもいる。安心しろ」

「そっか……うん……じゃあ、ちょっとだけ……」

寝袋に潜りこんだ明は、そのまま在臣の体に額を押しつけ目を閉じた。

「白野も寝ておけ。捜索で歩き回った上これだ——疲れてるだろう」

「ううん、起きてる。それに在臣だっておんなじ。……しっぽ、貸してあげるぞ」

「えっ⁉　マジで⁉」

思いのほかウキウキ声がでて、自分でもどうかと咳払いをしてごまかした。白野は気にしないどころか、どちらかというと「はやくするんだ」という期待顔だ。愛らしい。

「はあ〜……きもちい……」

「そうか。ならよかった」

首巻をずり下ろし、白い毛に顔をうずめる。最初こそひんやりしたものの、次第にぽかぽかと温まってくる。到着する前もこうして子供に譲って襟巻がわりに使わせていたというから、昔の人見知り具合からすると考えられない成長ぶりだ。そんな風に考えるのも余計なお節介とわかってはいるのだが――もうほとんど反射だから仕方がないと思うようになってしまった。

（やめようったって……できるもんじゃないんだ。俺の中にはとっくに白野が棲みついちまった。今さら追い出せないし、追い出したくない）

「勝手なことして、ごめん。結局在臣に……たくさん迷惑をかけてしまった……」

氷の青をした瞳に、長い睫毛が影を落とす。

「いいや。お前がやらなきゃ、俺がやってた。――白野だってわかってただろ？　どっちが先に行くかってだけの話だって。……ううん、違うな。むしろお前が先に駆けつけてくれたお陰で、明は助かったんだ」

「……おれも在臣みたいに、誰かを助けられるようになった？」

「ああ。白野は立派になった。……かっこいい騎士になったよ。もう俺がいなくても平気

なんじゃないか？」

などと言ってみる。すると白野は三角耳がすっぽ抜けるんじゃないかというくらい激しく首を振った。

「そんなことない！　在臣はずっと――ずっと一緒だ！」

「はは、ありがとうな。じゃあずっと一緒にいてもらおう」

けれどもう昔と同じではない。白野は恋をして発情期も迎え、大人になった。まだ想いを寄せる人とは結ばれていなくとも、いずれは成就する日がくるだろう。万が一、駄目だったとしても、白野には白野の人生がある。

ただ、白野の中にいる自分の場所を誰かに譲る気はない。そして幼い頃から一緒に過ごした時間も、思い出も、今この瞬間も。自分だけの白野は絶対――他の誰にも譲らない。

白野に幸せになってほしいのは嘘じゃない。だからこれは自己犠牲ではなく自己満足。

恋心を切り落としてでも、兄として上官として白野の隣で生きることを選ぶ――五十嵐在臣の生涯の自己満足だ。

どれくらい無言の時が続いただろうか。たまに目が合うと、白野はゆっくりと瞬く。心を許し、親愛の情を示す優しい瞬き。

不意に昔に戻った気がした。

言葉を交わさずとも心地よく、いるだけで安心できたあの空間。

眠気はなかった。無事に帰るまで気は張りつめていなければならない。しかし嫌な緊張感でもない。どちらかというと、今寝るのがもったいないくらいの気持ちに近かった。こんな時に不謹慎だが、自分の心の中に限っての所感なので許してもらいたい。

やがて、外の空気が変わったのがわかった。テント越しでも、不思議と肌が明るさを感じるのだ。

白野も同じだったのか、耳をぴんと立て顔だけ出して外の様子を窺(うかが)いはじめる。

「あ、おい、白野」

そのまま引き寄せられるように出て行ってしまった。離れる尾の先を追い、在臣もあとに続く。――その前に、明の体温を確認しておく。小さな体はもうだいぶ温かい。

森の表情は、夜とはまったく異なっていた。

まだ暗いけれど色が違う。底なしの黒が、淡い群青(ぐんじょう)に塗り替えられてゆく。雪の白さが戻ってゆく。

それは世界が息を吹き返す瞬間だった。

日が昇る時間まではまだ三十分近くあるが、森だけでなく空も雪に覆(おお)われた地面も、すべてが淡い薄紫と曙色(あけぼのいろ)に包まれる。

白野の耳と尾の毛が風に煽(あお)られ、ふわふわとなびく。動物の雪豹(ゆきひょう)の被毛(ひもう)は灰や生成(きな)りに近い色だが、白野の毛は純白だ。

「在臣」

「ん？」

「来てくれて、ありがとう」

見上げてくるいとけない顔に、目を細める。「ああ」

「もう少ししたら出発するか――」

短い時間旅行を終えたような気分で在臣は言った。白野は黙って頷いた。

「在臣、平気？」

「白野こそ、大丈夫か？」

「おれはぜんぜんだ」

「あはは、俺も。余裕だぜ」

明は在臣の背で寝息をたてている。人肌と太陽のぬくもりにすっかり安堵したのだろう。

力の抜けた体は多少重いが、むしろ心地よく嬉しい命の重みだ。

目印を見つけるのにはそう手間取らなかった。むしろ白野の鼻がいち早く在臣の来た道を探し当て、たどって戻ることができた。木に体の一部をこすりつけるだけでもじゅうぶんだから、と灯里に言われ、実践した甲斐があった。

「――――！」

やがて笛の音とざわめきが聞こえる。

地平線が虹色に輝き、暴力的なまでに目を射る光が視界を塗りつぶす。

「在臣さん！　白野！」

灯里の声だ。後ろには春雷の団長たちの姿。

「見つけたっす団長。在臣さんと白野っす。子供も——呼吸、脈拍あり。無事です……！」

「わかりました、担架を。すぐに馬車で医者のところへ！」

搬送される途中、ようやく少し眠った。在臣は手足がごくごく軽度の凍傷（ほぼしもやけだ）、白野は右足の捻挫と診断され湿布をだされ、体温をじゅうぶんに回復したら当日のうちに帰宅してよしと言われた。明は念のためひと晩入院させるそうだ（花は灯里が津籠家に届けたと聞いた）。また元気になったら会いに行こうとふたりで話した。帰り際、明の母に会った。泣いて礼を言われたが、礼を言うのはこちらのほうだと返した。

騎士の原点と大事なものを思い出させてくれた。明はきっと将来たくさんの人を助ける素晴らしい騎士になる。怒るならまず抱きしめたあとにしてやってくださいね——在臣の言葉に、母親は何度も首を縦に振った。

8

「ただいま、だな」

「……ただいま」

「おかえり、白野(はくの)」

「……おかえり、在臣(ありおみ)」

夕刻、ふたりきりの部屋に、なんとも間抜けなやりとりが響く。

森からの帰還を果たしたのは今朝方のはずなのだが、既(すで)に昨日のことのようだ。

診療所の玄関には送迎用の立派な箱馬車がつけてあり、理王(りおう)が仁王立ちで待っていた。

「あの……理王、ごめんなさい」

白野は深々と頭を下げ、騎士として友として、規則を破り心配をかけたことを詫(わ)びた。

森から出て再会した時は気づかなかったが、彼の金と緑の瞳の下には、黒ずんだクマが浮かび上がっていた。

「ごめんで済んだら騎士団はいらん。在臣、お前が白野をこうしたんだぞ。責任はきっちり取れ」

理王は謝罪など聞く耳持たずといわんばかりに白野と在臣を座席へ押しこみ、冷たく言い放つ。

「わかってる。処分は受ける」

「ま、待って理王！　悪いのはおれ……」

向かいに腰を下ろした理王へ身を乗りだして叫ぶと、「だから連帯責任だ」――そう返された。

「お前たちには自室謹慎を命ずる。――……水晶宮の中は歩き回ってもいいからな。三日間ふたりできっちり反省しろ。今後についても話し合え。最後に――よくやった」

「はい……え？」

そうして嵐のように部屋に叩きこまれ――今に至る。

風呂に入るのも最初はひとりずつといっていたが、状況が状況だけにさっさと一緒に入ってしまおうという話になった。

在臣の体は白野からするとまだ冷たく感じる。先に在臣が浸かり、その手を借りつつ湯船のすみっこに滑りこんだ。

ふたりともそろって唸り声じみた溜め息を漏らしたので、笑ってしまう。

「なんだこれ……体じゅうビリビリする……！」

確かに。硬くなっていた全身がじんわりほどけてゆくような感覚がある。手当てを受け復温したとはいえ、芯まで冷え切っていたということなのだろう。

熱い湯を二度ほど注ぎ足しすみずみまで洗ってから、よく水気を拭きとる。

温まった体は、まだ頭や神経と連動していないような、借り物にも似た違和感があった。ぎこちなく白い上下の部屋着に着替えると、在臣が貴重な山羊の毛で織られたショールを肩にかけてくれた。やわらかくふわふわとしたお気に入りの手触り。耳や尻尾の感触と似ているからかもしれない。幼い頃、寝る時は毛織物の小さな膝掛けに頰を寄せ、在臣の人差し指を握って眠った。

いつの間にか窓際のベンチのテーブルにはティーカップが置いてあった。

「お前が作るほどはうまくないかもしれないけど、チャイ。甘くてあったまるぞ」

「……ありがとう」

在臣は自分のベッドを調えている。手伝わなければと思うのに、どうしてだか体が動いてくれなかった。

「おいしい――」

「そうか！　よかった。……今日くらいはさ、一緒に寝よう。話したいこともあるし……白野の尻尾も借りたいしな。あ、もちろん何もしないから！　そこはその、信じてくれ」

努めて明るく胸を叩く在臣の兄然とした振る舞いと、「何もしない」という言葉が胸をじくじくと苛んで――唐突に、本当に唐突に感情が解けだした。

「白野？」

在臣が異常に気づく。「どうした、白野」。手を握られる。カップの水面に小さく波紋が立つほど、震えていた。

大きな手がこわばった指を一本ずつ丁寧に引き剝がして、カップをテーブルへと遠ざける。

「寒かったのか？　それともまだどこか痛むのか」

そっと背中を慰撫されて、つかえていたものがこみ上げる。

「……ぁ、あんしん、したら……っきゅ、きゅうに――こわく、なって……。おれのせいで、在臣まで巻きこんで……本当に、ごめん」

今さらながら足に鈍い痛みが戻っていた。

「白野……」

「……あの子ね、昔の自分みたいで……ほっておけなかった……」

「ああ。俺もおんなじだ」

誰かのために一生懸命になって、あとさき考えずに走り出してしまった幼い自分。

「在臣ならぜったい助けに行くって、思ったんだ。でも、もう在臣を危ない目に遭わせたくなかったし、寒いところ得意なおれのほうが、きっと向いてるから……ひとりで行こうって……。けど――行き先もなにも伝えずに出たら、なにかあった時にもっと迷惑かけるかなって……中途半端に迷ってあんな書き置きをしたせいで、結局在臣に助けてもらって……。また……足、ひっぱった。おれは……ひとりで……ひとりじゃなんにもできない。在臣の役に立ちたいのに、在臣の力を借りなくても、ひとりで……ちゃんとしたいのに……」

この人になにかしたい、なにができるだろう。それだけを考えて生きてきた。

ひとりぼっちだった自分の家族になってくれた人。

言葉を、愛を、世界を教えてくれた人。

「おれ、最初はただ在臣のことが誇らしかった。おれの自慢の家族、一緒に生きていられるだけで、じゅうぶんだった。そのうち、ちょっとでも力になれたら……いつか隣に並べたらって思って、背中を追いかけるようになった」

頭のよさでは敵わなくても、獣人(けものびと)だから身体能力と剣術ならどうにかなった。身長も少しだけ伸びた。

でも――ほんの少しその背に近づけたと思うたび、在臣はもっともっと成長した。

「――在臣は一年経つごとにどんどんかっこよくなって……みんなの在臣になっていった……。おれは、どれだけがんばっても――追いつけない」

いつしか剣術でさえ及ばなくなり、身長の差は大人と子供ほどになっていた。

何かしたいと頑張るたびに、自分の無力さを思い知る。

「けど在臣は優しい。いつもおれの気持ちをくんで、役目を与えてくれた。ぜんぶ自分ひとりでやろうとせずに、一緒にやろうって、手を引いてくれた。どんな時でも、『兄弟だから』『家族だから』って言ってくれるのが嬉しくて——嬉しかったはずなのに……、気づいたら、胸が、すごく——すごく痛くて」

だって——、

「いつの間にかおれ、在臣のこと、好きになってたんだ」

在臣は異国の言葉を耳にしたかのように、一度だけ瞬いた。

「もちろん、伝える気なんてなかった。おれは在臣が好きだったけど、父さんや母さんも大好きだ。五十嵐の家が、大好きなんだ。もし在臣に好き、って言ったら、おれの大好きな人たちみんなを悩ませる。おれを家族に迎えてくれたみんなを——裏切って、苦しめる。だから言う気なんて全然なかった。好きの気持ちだけでよかった」

灯里にも話したとおり、嘘偽りなく心からそう思っていたし、今こうして想いを口にしている瞬間でさえ思っている。いけないことだとわかっている。

「だけどね、あの日——在臣が副団長になった日、おれ、たぶん想像したんだ」

美しくかわいらしい女性たちの歓声と、甘くきらめく憧れのまなざしが注がれるたび。

「『ああ——いつか在臣もあんな女の人と、結婚するんだな』って」

そこに自分はいない。

今は家族だけれど、いずれ違う家族になる。

「どうしたらいいのかなって、考えた」

成長しない体を抱え、育つ気持ちをもてあまし、いつか訪れる別れに怯えながら。

よくない頭と、ずるく弱い心で。一生懸命、考えた。

「おれは、恋心なんて忘れて、在臣に必要とされる……せめて使い甲斐のある側近になろうと思った。きっぱり主従になってしまえば、在臣はもうおれを家族だからって気にかけず上を目指せるし、おれは——在臣がきれいなお嫁さんをもらっても、しもべとしてそばにいられる。家族じゃなくていい、恋人じゃなくてもいい、おれは在臣が好きだから、どんな形でも、一生在臣と離れたくなかった」

口にすると止まらない。汚泥のような感情がどろどろと溢れでてくる。

「だけど、ばかみたいだ。そんなことを考えたせいで、逆に在臣をおとなの男の人だって、意識するようになって」

今まで「叶わないもの」としてただ硝子ケースに飾ってあった恋心。「叶えてはいけないもの」として手にとった瞬間にようやく、その熱さと激しさを知った。

「だめだって思うのに、どんどん、どんどん、好きになって。——きっとたぶん、そのせいで……発情期がきて……」

震えを押さえようと腕に力をこめても、まるで言うことを聞かない。背中が丸まりみじめに上下した。

「……在臣は、家族だから助けてくれたのに……。抱いてくれたのに……。おれ……——しあわせだった……。ずっと……ずっとこのままだったらいいのにって、思ってた……。——ごめん」

視界が歪(ゆが)み、まるいしずくが握った手の甲にぽたぽたと垂(た)れる。

「おれの勝手なきもちで、おれががまんできなかったせいで、いやなことさせて、つらい思いをさせて、ごめん——」

幼い頃のまま、何も知らないまま、従順に在臣に尽くせる白野でいたかった。

なけなしの無垢(むく)ささえ失って、今はもうすっかり薄汚れた獣だ。

「好きになって……ごめんなさい」

自分勝手な懺悔。情けなくて申し訳なくて、泣いてはいけないと思うのに、次々と涙がこぼれてくる。

「おれは、在臣みたいに誰かを護(まも)れる——在臣を護れる大人になりたかったんだ……。今だってそう思ってる。もう二度と、迷惑かけないようにする。今度こそ、騎士として少しでも強くなって、みんなや団や在臣の役に立てるよう努力するから——。だから、おれをそばに置いてほしい。こんなことを言う権利、おれにはないってわかってるけど……、でも、おれは、在臣と――ありおみと、いっしょに、いたい」

結局、最後は子供じみたお願いになってしまった。

「……――お前は昔から、どこか遠慮がちだったよな。もちろん家族なんだけど、いつも俺や父さん母さんに何かしてくれようとしてさ。そんなのいいんだよってどれだけ言っても、やっぱり気にして気をつかって……。俺は時々……それが寂しかった」

もとの温度を取り戻したぶあつい手の平が、再び冷えかけた手に重なる。こうして見ると大きさだけでなく、ずいぶん色が違うのだなと思った。

「だから嬉しいよ。お前の気持ちが聞けて。……話してくれてありがとう、白野」

ああやっぱり在臣は優しい。決して拒絶からは入らない。どんな気持ちだろうと真正面から受け止めて、逃げずに向き合ってくれる。

だからこそ気持ちを伝えてはいけないと誓っていたはずだった。

「でもひとりで完結するな」

「――っ？」

抱き寄せられたとわかったのは、在臣の香りが肺に流れこんできたあとだった。

慌てて身を起こそうとしても叶わない。

強く腕を回されて、身じろぎさえ満足にできない。

「俺が……俺が今日までやってこれたのは、白野がいたからだ」

獣耳が在臣のほうを向く。続くのはきっと穏やかな別れの言葉だと、怯懦に傾きながら。

「騎士団に入ったのも、もとはといえば白野のような子供を少しでも減らせるならってのが最初の動機だった。だからもし白野が俺を――五十嵐在臣を『素晴らしい人間だ』と思っているとしたら、それは全部白野のお陰だ。いつだって白野は俺が足を踏み出すきっかけや勇気をくれた。俺はお前に助けられてきたんだよ、白野。わかるか？」

「それは……在臣が……、在臣がすごいから……」

「白野だってすごいんだよ。ちゃんと強くなってる。誰かと同じように強くなくても、白野にしか持てない強さをちゃんと持ってる。明だって言ってただろ、天の使いみたいだったって。弱くても、弱い人の気持ちを理解してあげられるなら、それは大切なお前だけの剣だ。そうやって想いを我慢して、俺や家のこと考えて苦しんでくれたのだって、お前が優しくていい子だからなんだよ、白野。俺はそんな白野が大好きだ。弟としてだけじゃなく、いつからだろうなあ、男として惚れてたんだ」

「――――」

　不意のことに、白野は前後の文脈をすっぽり聞き落としたのかと目をしばたたかせた。

「そっか……。そっかそっか……。はは……気が合うっていうか……。なあ、白野。俺たちずっと同じことで悩んでたんだ。俺はこの気持ちを絶対白野には言えないって思い続けてきた。お前はまだ発情期も迎えてなかったしな。言ったら――兄弟にさえ戻れなくなる

と思った。下手をしたら、五十嵐にさえ居づらくなっちまうかもって。そんなのさ、無理

だろ。だったらずっと兄弟のまま……仲良くしていられるほうが何倍もマシだ」

「?」

おかしい。在臣の声を全力で拾っているはずなのに、何ひとつ意味が呑みこめない。

「……ごめんな白野。俺、お前が発情期になってお前を抱けた時……すっげー嬉しかった

よ」

尻尾の毛が根本からすべて立ち上がったのがわかる。脳より先に体が歓喜した。抱きし

めてくれる腕の強さと熱さが、急に現実味を帯びて自分に刺さった。

「兄貴のフリして……主のフリして、ずっと好きでいてごめんな」

「あり、おみ……?」

「俺、お前がいないと嫌だ。そりゃあみんなの笑顔を見るのが好きだ。白野やみんなに誇

れるような自分になるため頑張ってきたつもりだし、これからもそうあろうと努力する。

でも白野、俺は——なによりもお前の笑顔が見たい。お前と出逢ったあの日から、俺はお

前に笑ってほしいって、幸せにしたいって思ってた。お前さえよければ、これからもずっ

と——ずっと、一生、死ぬまで、俺のそばにいてくれ」

「——……——……ぅ、ぅそだ」

尻尾が駄々をこねるようにベンチを叩く。

「な、な、んで……そんな、ひどいこと、言うんだ？　だ、だって在臣は、およめさんをもらって、こどもをつくって――父さんと、母さんを、五十嵐の、家を……家族を……守らなきゃ、いけないのにっ……」

「――言っただろ、白野。俺は『白野を守りたくて騎士になったんだ』って」

それはきっかけなのだと思っていた。けれど、きっかけだけで終わるのではなく、彼の中では目標や道として続いている。

今でも五十嵐在臣は、白野を守る騎士でいるのだ。

両手で肩を抱き起こされ、顔を覗きこまれる。いつだって美しい青い瞳は、薄い涙の膜に覆われていた。すべての答えがそこにあった。

「――ありおみ……」

滲む青に引っぱられ、淡い空色の瞳からころころと大粒の涙がこぼれ落ちる。銀の睫毛にくっついた水滴は、小さな玉を結んで瞬きのたびに砕けて散った。

「ありおみ、あり、おみっ――！」

あまりの混乱に頭と心と体がバラバラになって暴れだす。

息がうまくできず、肺に酸素が入ってこない。もっと空気を吸い込もうとするが、小刻みな呼吸ばかりが繰り返される。

「白野」

「っは、ア、――ん⁉」

やわらかい唇に口を塞がれ、一瞬息が止まった。

初めて発情期を迎えた時、彼は唇にだけはキスをしてくれなかった。俺とお前は恋人ではないという境界線に感じられて、とても哀しくて、いつも夢に見ていた。

背中をさすられる。力強くて大きい手に撫でられると気持ちいい。体の中まで全部すくいとられたみたいに、こわばりがほぐれていく。

「好きだ、白野」

ほんの少しだけ離れそう言った在臣は、またすぐくちづけてきた。

熱い吐息が互いの口内をゆっくりと行き来するのに合わせて、不規則に波打っていた胸が少しずつ落ち着く。それを見た在臣は「大丈夫だよ」と微笑んだ。

「大丈夫」

「ん……ぁ」

そのうち唇を何度も啄ばまれ、舌先がちらちらと触れ合った。

「――ありおみ」

「ん？」

「ずっと――ずっと、好きだった」

横抱きにされた体を、在臣のベッドにそっと下ろされる。

気恥ずかしくて顔が上げられず、枕に鼻を寄せ匂いを嗅ぐ。いい匂いだった。

「在臣のにおい、ドキドキするけど、安心する……」

「白野もいい匂いするぞ」

「そ、う……？」

「ああ。日なたと……あとなんだろうな、花のような森のような、落ち着く香りだ。……発情期の時は、もう少し違う匂いだった」

在臣は髪や獣耳にキスを落としたり鼻を押し当てたりしながら言う。思えばこうした動物めいた仕草も、一緒に暮らしてきたせいなのかもしれない。

「え、あ、在臣にもわかるのか？　その……獣人の……ああいうにおい」

「いや、それが理王や灯里のはサッパリだ。だから、お前が特別なんだと思う」

「あう……」

自分の体臭を把握されているのは恥ずかしいが、自分の匂いだけ判別できると言われると嬉しい。

けれど獣人ではない在臣の匂いをこと細かに覚えている身としては、その気持ちも理解できる。

「な、白野、俺のこと好きで発情期になったの？」

「う……」

「……俺さ、あの時にもうダメだって思ったんだよ。白野に好きな人ができた。……失恋したって」

「えっ」

——失恋、だなんてあまりにも在臣に不釣合いな単語だ。けれど思い返せば在臣に欲情しているなど絶対に知られたくなかったわけだから、ずいぶんと頑(かたく)なな態度を取ってしまった気がする。

「せっかくお互い気持ちはあったのに、どっちも一方通行だと思ってただなんてな。嬉しいような残念なような……」

「ご、ごめん……」

しょん、と三角耳が萎(しお)れたのを見て、在臣は慌てて首を振る。

「そうじゃない。言葉選び間違った。なんかその……もっと大事にしてやればよかったと思って」

「……在臣、じゅうぶん大事にしてくれたぞ……?」

会話が一往復するたびにどちらからともなくくちづける。今までの隙間(すきま)を埋(う)めるように何度も。

「もっとたくさん優しくする。白野が想像したみたいなのも——したいこと、してほしかったことも全部、たくさん」

耳をとろかす囁きとキスに目が回る。想像したより遥かに甘い。在臣はこんな風に人を愛すのかと思うと、いいしれぬ昂奮が背骨を走った。

「んに――ぅ、ふ……」

白野の必死な様子にキスが好きなのだと察したのか、在臣はさっそく顎が痺れるくらい舌を絡ませ口内を舐めてくる。口が縦にも横にも大きく舌の長い在臣に対し、白野は小さな口に短い舌だ。ほとんど捕食されているのではないかというほどの有様だが、それでも懸命に這入ってくる粘膜や唾液をすすった。

そのうち互いの形を確かめ合うように服の上から触れ合う。手指や鼻先、唇に舌先を使って。白野の場合は尻尾もだ。

体のあらゆるところで、在臣をなぞる。発情期の時にはできなかった。ずっと触ってみたかった。張りだした喉仏に吸いつくと、ふは、と小さな笑い声がして、舌がびりびりと振動した。

厚い胸板、盛り上がった二の腕、割れた腹筋、あとは――。

視線を落とそうとしたところで服の裾から手がすべりこんでくる。「ん」と微かに鼻から吐息が漏れた。

「俺も」

慈愛に満ちていながらも雄の劣情が入り混じる在臣の顔に、胸が高鳴る。すごい——という、ごく単純な所感。すごい。恋人みたいだ。

（そういえば）

発情の発散の手伝いをしてくれた在臣は、丁寧で優しすぎるくらいだった。当時はそれが在臣の作法なのだと思っていた。けれどおそらく、気持ちが通い合っていないと思っていたから——自分を誰かの代替品だと思っていたから、できる限り個人の感情を削ぎ落とした力加減で抱こうとしてくれたのだろう。「五十嵐在臣」ではなく「白野が想いを寄せる誰か」として。

だから先ほどの「たくさん優しくする」というのは、きっと彼自身の想いの丈をぶつけるという意味も含まれているはずだ。

（されたい。いっぱい……してほしい——）

「手、荒れて痛くないか？」

幼い頃から剣の稽古をしていたため、在臣の手はマメができては潰れを繰り返し、少し皮が厚くなっている。彼なりになるべく手入れを心がけているようだったが、風呂上がりにクリームを「つけた？」と差し出すのはおもに白野の役目だった。

ここ最近はどうしていたのだろう。多少がさっとした感触はある。けれどその武骨さがたまらなく愛おしい。

「痛くない。在臣の手、好き……」

うっとりと呟くと、頭をぐりぐり撫でられた。額と両の獣耳を繋ぐ三角のゾーンは白野のつぼで、強いくらい押されるのが好きだ。つい興奮して両手で在臣のてのひらを摑んで舐めると、「くすぐったい」――やわらかな毛の生えた耳孔にふっと息を吹きこまれる。

「はぅう、う――ん……ぁ、あり、おみ」

脇腹を這い上がった指がすりすりと淡い突起をかすめる。ろくに意識したところもなかったささやかな箇所だが、既にたっぷりと快楽を教えこまれている。触れられれば如実に反応を示した。

「むずむずする……はずかしい……」

「そう？　でも白野、ここ舐めるとすごくかわいい反応するんだよなあ」

「みゃ、ぁっ」

シャツをまくり上げられて、乳輪ごと甘噛みされる。そのまま臼歯でやわやわと食まれれば、もどかしく切ない感覚が下腹の奥からじんと溢れた。

「ほら」

「うー……」

眉尻が下がる。少し寸足らずの薄墨色の眉が困る様子は在臣の好みらしく、「かわいい」と楽しげに笑われてしまった。

「白野もする」

在臣の服の裾を引っぱると、彼は意外にも思い切りよくシャツを脱ぎ捨てた。風呂上がりの湯とシャボンの香りの中から、白野の鼻は在臣の香りをすぐさま嗅ぎつける。覆（おお）いかぶさられるといっそう濃く香り、鼻腔（びくう）や胸を一挙に満たす。

「あ！」

腰がぴくんと引（ひ）き攣（つ）った。その拍子に互いの性器が軽くぶつかって、双方ともに息を詰める。

この体勢では在臣の上体が遠い。衝動のままに尻尾と手でたくましい腰を抱き寄せ、下半身を揺すってみる。やわらかく、でも芯のある熱塊（ねっかい）がずしりと下肢に乗り上げて、はしたなく咽喉（のど）が鳴った。

「っ、ちょっと、ヤバイなこれ」

独り言じみた呟きとともに在臣は体を起こし、下唇を噛んで舌で湿（しめ）した。もどかしさと心地よさに頭が朦朧（もうろう）としかけている白野の目には、毒よりも効く光景だった。あれほど体を繋げたというのに、ここまで性の匂いがする在臣を目の当たりにしたのは初めてだ。

そのことに呆然としているうち下肢から服や下着が抜かれ、膝裏（ひざうら）に手がすべりこむ。

「へ、にゃ、ん、っぐ⁉」

椅子を移動させるくらいの軽々とした調子で下半身が折りたたまれた。自分の膝が顔の横にきている。体の柔軟性に関しては抜群と自負しているので、苦しくはない。苦しくはないが、猛烈に恥ずかしい体勢だった。

「あぐ、あっ、りおみ！　あ、あ、ぅな、ァ」

どう抗議したものかわからず、むにゃむにゃ語尾が濁った。

在臣は包帯を巻き直した右足へいたわるように唇を当て、笑いかけてくる。

「ごめんな白野。でもお前の顔、見てたい」

そりゃあ自分だって在臣の顔は見たい――白野は思う。だがそれにしたってこんな恰好、あんまりだ。

尻尾が暴れる。一メートル以上あるボリュームたっぷりの毛束が振り回されるので、さしもの在臣も一瞬怯んだ様子。だが、

「ぴゃうぅ――！」

付け根の肌と毛の継ぎ目の敏感なところからずるりと扱かれ、完全に腰が抜けた。尻たぶがちょうど在臣の眼下に曝される。あ、あ、とあえかに声を上げているうち、香油をまとった長い指が這入ってきた。

「――！　ッ、ァ、ん――！」

とっさに空を蹴ろうとした足を自ら押さえ、嬌声を噛み殺す。そうでもしないと我を失ってしまいそうだった。

だって青い目が自分を射貫いている。これは在臣の指なのだと、はっきりとわかる。鈍いはずの粘膜が、指の太さや長さ、爪の形まで拾いそうな錯覚。

加えて過去に感じたことのない疼きがずっとわだかまっている。指で浅いところを探られ、窮屈に圧迫された胸が忙しなく上下する。

二本、三本、指が増え、排泄孔が性器に作り変えられてゆく過程を、白野は目を逸らせないまま眺め続けた。在臣の視線に貫かれ、身動きがとれない。今から俺がお前を抱くのだと、刻みこまれる。目の前が真っ白になるほどの羞恥と期待に性器はぱんぱんに張りつめ、たらたらと先走りをこぼしている。瞳からも涙が溢れて止まらない。

発情期の時の、嵐にも似た性交とはまるで違う。静かに、でもこれ以上ないほどの激しさで、在臣の熱に呑まれてゆく。どちらのものだか判別もつかない荒い呼吸が、閨の空気をしっとりと湿らせていた。

「いいか？」

三本の指が抜かれる。ぬぱっ、と粘っこい音がして、赤らんだ肉が覗いた。

未知の法悦に、両手を伸べて救いを求める。

「ありおみ」

ほとんどかすれて声にもならない呼び声だ。けれど在臣はさも愛しそうに笑みを浮かべて「ああ」と答えた。

うるんで微かに開閉を繰り返す蕾の上を、焦らすというより承諾を得るためのくちづけじみた動きで切っ先が往復する。浅ましく舌が唇からこぼれ、涎がしたたり落ちた。はやく、ありおみ、はやくきて――。言葉にする余裕もなく、

「すき」

とだけ、目を合わせて言った。

「う、ん、ンンンにぅう――……！」

瞼の裏に星が瞬く。なにが起こったのかわからず天地を見失う。下肢が踊るように跳ねるが、そんなものは抱き潰すとばかりに体重をかけられ、快感の逃げ場を封じられる。

「白野――愛してる」

こんなのどうにかなってしまう、と思った。

在臣の匂いと体温に包まれ、力強い腕に閉じこめられて、彼のものを受け入れる。そして愛を囁かれる。

男性器をこすられるのとはまったく別の、こみあげてくる切なさがある。泣きたい。でも笑いたい。キスがしたい。

尾の先を力いっぱい噛みしめる。そうでもしないと本当に泣き喚いてしまいそうだった。

「駄目だぜ……白野」

顎の感覚が軽く麻痺するほど強く噛んでいたらしい。ゆるゆると腰を揺すぶられると、

わざわざ取り上げられるまでもなくほたりとシーツの上へ落ちた。

「俺がいるんだから、噛むなら俺にしとけ」

トントン、と人差し指で鎖骨を叩く顔は獰猛な雄そのもの。大切な体を傷つける真似はできない——と普段だったら首を振っただろうに、どうしてだか引き寄せられるようにそこに歯を立てた。ごく軽くだ。それから舐めた。わずかにざらついた舌が在臣の肌を這うたび、さりさりと音がする。

はあ、と深い溜め息の音がしたかと思うと、獣耳の先を噛まれた。次に人のほうの耳、首筋、一度視線を絡ませてから唇。

「お前ちょっと——かわいすぎる」

そう唸った在臣は、ちょっとだいぶかっこよすぎた。


ベッドが軋む音はいつしか止んでいる。

「あっ、あぅ、うぅうぅ——」

子猫の威嚇にも及ばない声。下半身がまったくいうことをきかなくなっていた。何度達したかわからない。射精はとっくにできなくなった。だがそうではなく、そちらではなく——もうずっと違うところで達し続けていた。白野は涙で曇りっぱなしの視界を拭いて顔を起こす。

「はぅ、ぷ、ん、んく、ん、ぅ」

指の一本さえ動かせないほどの絶頂を何度も極めたあと、在臣の膝の上に招かれた。下からうやうやしく見つめられ、手の甲にキスを贈られて——串刺しにされた。脳天まで快楽が一直線に駆け抜けて、たぶん少し漏らしたと思う。ふたりの腹のあたりはびしょ濡れだ。

「あっぁ、あ、あ、あ、だめ、だめだめありおみ、またきちゃ、きちゃう、いっちゃう、や、や、にゃあぁっ——！」

在臣は動いていない。何もしていない。白野も同じく。動いているとしたら胎の中だけ。このひと晩で在臣の形になってしまうのではないかというほど、繋がったまま離れない。離れたくなかった。

「はくの」

「あンっ！」

三角の耳に甘やかな呼び声が落ちただけで、腰がびくつく。

「きゅうってなった。声だけでいった？」

「ん、んん、いった……ありおみの、こえも、ゆびも、くちも、ぜんぶ、すき、すきだから——ッひ、いっちゃ……！」

抱き寄せられ胸が触れ合うだけで、唇を吸われるだけで、髪を掻きあげられるだけで感

じてしまう。なんなら触れなくても見つめられるだけ、こうして名を呼ばれるだけで達してしまう。

もっといえば、在臣に愛されるだけで。

発情期など生ぬるい。あれで幾(いく)らか慣れたなどと思っていた自分が滑稽(こっけい)に思えるほどだ。

「ごめんな、つらいよな」

「——つらく、ない……」

気持ちよすぎてつらいというのであれば確かにつらいのかもしれなかったが、それを遥かに上回る多幸感がある。

「うれしい……うれしい、よ——ありおみ」

感情の波が落ち着いてくれず、声の調子も音量も不安定に揺らぐ。在臣がとっさに背を撫でて耳を寄せてくれるのが愛しい。

「もっとずっといっしょにいて……はくののなか、ずっといていいから……はくのも、いっしょいたい……ありおみと、ありおみ——っぁ」

子供のように泣きじゃくる。在臣のキスが降ってくる。中にある熱が再びふくらんだのを感じ、尻尾の毛が歓喜に湧(わ)く。

幼い頃から追い続けたたったひとりの騎士に、ようやく伝えることができる。

「あいしてる、ぞ。ありおみ」

エピローグ

クリスマスの晩、雪化粧をほどこした水晶宮（すいしょうきゅう）は、一年で最も華やかな雰囲気に包まれていた。

騎士団の中でも独身の者や身寄りのない者、または故郷が遠く帰る予定がなかったり、やむを得ぬ事情で帰れない者。そういった者を中心にいつしか催（もよお）されるようになった、年に一度の無礼講。クリスマスパーティーの日である。

もちろん、家族を連れて参加してもいい。普段は厳しい規律のもと民を護（まも）る男たちが、聖域でもある寮でどんちゃん騒ぎし互いをねぎらう。それが曙立（あけたつ）の国の騎士団の一年の締めくくりでもあった。

みるみるうちに回復した在臣（ありおみ）は白野（はくの）とふたり、夕刻までの市中見回りと警備を買って出た。

暖かな灯かりの点（とも）る街をゆっくり歩き、人々と挨拶や祝いの言葉を交わすのも、また格別だ。あれだけ雪に苦しめられたというのに白野は始終ご機嫌で、まだ新品の雪のキャンバスを見つけるたび、身を投げ出して転げまわった。

日が落ちたので一旦部屋へと戻り、一緒にシャワーを浴びてから着替える。最中、白野は何度も甘えて在臣に抱きついた。そのつど脳裡に「このままパーティーをばっくれてしまおうか」との考えが過ぎった在臣だったが、最終的には美しい恋人の晴れ姿を見たい気持ちが打ち勝った。なかなか壮絶なバトルだった。


「……駄目ぇッ！　理王さまの燕尾服姿、かっこよすぎて直視できないぃ……！　あとなんかずっと視界が滲んでるの意味わかんないんですけど……」

「涙拭きなさい！　今日見なきゃ一生後悔するわよ！　にしても灯里さまおかしくない⁉　股下五メートルくらいあるわよねアレ！　脚なっが……」

「皆さま素敵すぎて目玉がもう十セットくらいほしい。ねえ、ところで在臣さまは？　私の在臣さまは？」

「あなたのじゃないけど見当たらないわね……。あとから参加するとお聞きしていたのに……。あの笑顔とお手振りをもう一回浴びたいわ」

「私も私も～！　パレードの在臣さま本当にかっこよかった～！　目、合ったものね！」

「合ったわよ絶対私たちのこと見てた！　あのキラッキラのブルーアイを少し見開いたあとに、くしゃっと少年みたいな笑顔を……。ああ、あ、一生忘れませんせん在臣さまッ……！

でも、でもね、横にいた白野く……白野さまもすごく素敵じゃなかった？　なんていったらいいのかしら……凛々（りり）しくも儚（はかな）げでドキドキしちゃった。あと、あの尻尾を一度でいいからモフりたい」

「「わかる〜‼」」

積もった雪さえ溶かさんばかりに話に花を咲かせる乙女たち。各自騎士団に兄がいたり弟がいたり旦那がいたりするのだが、それはそれこれはこれである。

やがて扉から黒い燕尾服に身を包んだ碧眼（へきがん）の青年と、純白のタキシードに身を包んだ白銀の青年が姿を現した。

黒髪をいつもよりきちりとまとめた在臣の男ぶりもさることながら、この日の白野の美しさといったらなかった。

まるで雪の女王（スノウ・クイーン）のようだと誰かが呟（つぶや）く。性別などこの際関係ない。

真冬の月のごとく輝く銀の髪。透き通るアイスブルーの瞳。丸みを帯びた獣耳に、たっぷりとした毛で覆（おお）われた立派な尻尾。

左耳には色の淡い金とブルーサファイヤ、シードパールで作られた耳飾りが下がっている。ぶら下がった真珠の房（ふさ）は、彼が動くたびにさらさらと雪降るような音を立てた。

その現実離れした佳麗さに、皆息を呑み、目を瞬（またた）かせる。

が――、

「よ！　遅くなった！　みんなもうやってるか〜？」

止まった時間は、在臣のひと声で再び動き出した。

一拍遅れて場がどっと沸く。

「在臣さまだー！」

「飲み屋に入るみたいなノリで在臣さまがきたー！」

「白野ォ、お前この間ほんと心配したんだぞ！」

「無事で……元気でなによりだよ！　頑張ったな、白野！」

四方八方からかかる声に、在臣も白野も謝罪と礼を口にしながら笑顔で答えた。

「人気者は遅れてやってくると言うが、本当じゃったのう」

「ふふ。いろんな意味で、今日の主役はあのふたりですから。ね？　千部くん」

「そうっすな」

骨付き肉を頬張りながら愉快そうに笑う青嵐の騎士団団長と、真顔なりに楽しんでいる様子の側近の隣で、穏やかに微笑む春雷の騎士団団長である。

「遅かったな、在臣、白野。見回りご苦労だった。助かったぞ」

両手を広げて迎えた理王に、白野は「楽しかった」と頷いた。

「みんなとても幸せそうだった。見てるこっちも幸せになれた」

「そうか」

ふたりのやりとりを在臣は微笑ましく見守る。自分にとっても白野にとっても、理王は本当にかけがえのない友でいてくれた。彼と灯里がいなければ、きっとここまでたどり着くことはできなかっただろう。

「途中搔いた雪が溢れちまったところが何か所かあったから、できる範囲でのけといた。除雪用の馬そり出したほうがよさそうなところは地図に印つけといたから、あとで見てくれ。そんなわけで、俺も白野ももうお腹ペコペコ！　とりあえず食べていいか？」

「ちゃあんとふたりのぶんは用意してありますよ、っと。さ、たんと召し上がれ。お腹が膨れたらダンスして腹ごなしですからね」

「灯里」

ご丁寧に食べやすくカットしてあるローストビーフの皿を受け取った白野は、灯里を呼び止めた。

「んん？　なんだい、白野」

「ありがと」

「オレは何もしちゃいないけどな。まあ受けとっとくよ。あとはお前と在臣さんで向こう一か月ぶんくらい理王を甘やかしてやってくれ。アイツの胃はもうボロボロだ」

「うぐ……ほんと……ごめん……」

「ハハ、冗談だって。あの人、なんだかんだ誰かの幸せな顔見るのが生きがいだから。お前たちが丸く収まったんなら、もうじゅうぶんだと思うよ」

彼の黒い尾がふさふさと揺れている。「そんでもってオレも嬉しい」――そんな言葉が聞こえてきそうだ。

「うん、ありがとう」

恩返し、というのとは少し違う。

五十嵐の両親も、在臣も、それから理王に灯里や、騎士団の人々も。誰もが口にした。

『自分がしたいからしただけだ』

見返りが欲しかったわけではない。ただ自分のわがまま、自分の願いが、結果として誰かを救っただけ、と。

ならば自分もそうしよう。救ってもらった命を苗床に、与えられた愛情を糧(かて)にして。

……もちろん、今回のような無茶は滅多なことがない限りしないつもりだ。

それでも誰かの笑顔を見るためならば、きっとまた後先考えず走りだすことだってある。

どうせ先に在臣が飛び出してしまうだろうし。

「在臣と理王ってすごく似てるな」

「白野もそう思う？　正反対なトコもいっぱいあるけどねェ」

「ん。でもやっぱり、人の笑顔を見るのが大好きなんだと思う」

ふたりの視線の先では在臣が理王の肩を抱き、グラスをぶつけ合っている。周りでは団員たちが笑ったり笑ったり笑いすぎて泣いたりで忙しい。

「笑いながら人を幸せにできる人か。まったく恐れ入る」

「――だから好きになったんだ」

灯里は金色の目を丸くして白野を見た。

白野は「だろ？」と首を傾げて、その顔を覗きこむ。

オーケストラボックスに楽団が入った。あちこちから口笛や拍手が飛ぶ。

「さあさあみなさんお待ちかね！　騎士団名物、男だらけのダンスパーティーの時間だ！」

もともと男所帯だったのもあって悪ふざけでやり始めたのが、今では立派な伝統行事になってしまった謎の演目である。

余興のわりには一部の人たちに大人気で、本人たちも「地獄絵図」と笑いつつ、酒が入っているので案外と楽しんでいるらしい。

「しかしそこは我ら六花の騎士団。無様な真似を見せるなよ全力でやれ！」

「任せとけよ理王！　俺らガチ勢の力を見せてやる！」

「え、オレもガチ勢なんです？　やだなあ。ねえ、白野。ていうかこの円陣なに？」

「おれは楽しみだぞ。がんばる。おー」

腕とともに振り上げた白野の尻尾が、隣で逃げ腰になっている灯里の尻を引っぱたく。

「理王、聞いて」

「なんだ在臣」

「白野がかわいい」

「よし灯里行くぞ！　気合入れろ！」

「へえ～い」

真ん中に堂々と陣取った理王と灯里の姿に、会場の女性たちが黄色い悲鳴を上げた。白野と在臣は少し脇のほうで構えた。注目度は中央だろうと端だろうと変わらないようで、やはり歓声が起こった（心なしか男の声も多かった）。

音楽が奏でられ、するりと脚が滑りだす。身長差が大きいため、歩幅はずいぶんと違うはずだ。けれどまったく違和感はない。

在臣が喉奥でくつくつと笑う。

「みんな俺見て『お前がそっちなんかい』って顔してるな」

胸を張り顎を上げ在臣をリードしていた白野が「む」と半眼になった。

「何がいけないんだ」

「わはは、白野、かっこいいぞ」

「在臣もかっこいいぞ」

真面目に返すと在臣の表情も引き締まる。

「白野……」

「在臣……」

「……やっぱ交代しよっか」

「うにゅう……わかった」

ポジションを変えてワルツを続行。白銀と黒の騎士は息ぴったりにステップを刻む。外の寒さなどなんのその、ホールは人々の笑顔と朗らかな声で満ちている。

メリークリスマス。今年も一年ありがとう。――そしてどうかよいお年を。

愛しい人や大切な仲間とあたたかい挨拶を交わし、手をとって踊りだす。

それをこの上なく嬉しそうに見守る在臣を見上げながら、白野もまた微笑む。

しかし不意に在臣は白野に視線を落とし、先ほどまでとはまったく違う甘くとろけるような笑みを見せた。

瞳は底抜けに美しい空の青。そこにふかふかの長尻尾をまっすぐ立てた雪豹の獣人が映っている。

「白野」

紡がれる名前に三角の耳が動いて答えた。白野の手が在臣の人差し指をきゅっと握ると、大きなてのひらが握り返してくる。強く。もう離さない、とでもいう風に。

「遅くなったけど、ハッピーバースデー」

生まれた日さえわからない――のちに白野と名づけられる幼子が、五十嵐家にやって来た日。

外は白い雪野原。群青の天蓋からは再び六花が舞い始めていた。

白き野に咲け恋の花よ

　聖なる夜も深々とふけ、そろそろ日付けも変わろうという頃だ。

「ちょっと涼んでいこうぜ、白野」

「……寒くない？」

「酔い醒ましにちょうどいいや」

　手洗いに行った帰り、ふたりは人気のないテラスへ出た。

　屋根があっても雪が吹き込んでくるせいで、手すりや床は粉砂糖をまぶしたかのごとく白い結晶で覆われている。

「みんな向こうに集まっちまってるから、こっちは静かだな」

「うん」

　クリスマスパーティーは理王の締めの挨拶によりお開きとなったが、会場には名残を惜しむ人々がたくさん残っていた。皆ネクタイを緩め、どうせ今夜はなかなか寝つけないだろうからと、存分に杯を交わし語り明かすつもりらしい。ただし騎士たるもの、後始末まできっちりと。片付けや掃除も自分たちで行うのが騎士団流だ。酒は飲んでも、呑まれている者はひとりもいない。在臣と白野も同様だった。

「今日はいっぱい歩いて慣れない革靴で踊ったから、足、疲れたんじゃないか？」

　明救助の際にくじいた、白野の右足。数日間安静にしていたのと驚異的な回復力が幸いし、ほぼ完治したようだが、在臣としては心配で仕方ない。

白野はふるふると首を振って「大丈夫。このとおりだ」とその場でターンしてみせる――が。

「あ」

「白野！」

タイルの床に薄く積もった雪が氷の膜になっていたようで、革靴の底はものの見事につるんと滑った。白野の体が傾く。慌てて手を伸ばして腕を摑む。

「……あのなぁ白野……」

「……うぁぅ……ごめんなさい……」

わざとらしく唸ってみせると、丸みを帯びた三角耳はぺちゃんこになった。

「――っぷ、あはは、よし！　踊るか！　ってうわ、本当に滑るなココ！」

「あ、在臣！　危ないってば！」

先ほどの優雅なダンスとは違い、腕力と遠心力で強引にエスコート。抗議の声を上げつつも、白野は珍しく白い歯を覗かせて笑った。すまし顔も美しいけれど、こんな表情なかなか他では見られない。

「おっとと」

「ふにゃむっ！」

よろけそうになって手すりを握り、突っ込んできた白野を胸で受け止める。バランスを取ろうと頭上に舞った尾がモフンと落ちてきたので、それも顔面で受け止める。

「ごご、ごめん！　さっきから何度も……！」

「ひひっへふぉふぉひょ（いいってことよ）～」

むしろご褒美（ほうび）である。離した長い尾は白野の後ろには戻らず、控えめに在臣の脚へと巻きついてきた。手を伸ばす代わりの、ささやかな甘え。我慢しがちで引っこみ思案な彼が示す信号を、ひとつ残らずすくい上げたい。

硝子戸（ガラスど）を背に、ひと回り小さな体を抱き締める。

「――ッ、在臣？　誰か来たら……」

咎（とが）めるにしては弱く、困惑と喜色の滲（にじ）む声だった。

「耳のいいお前なら、すぐに気づくだろ？　もし見つかったら、酔っ払ってダンスの続きしてましたってことにしよう。な？　だから今は――俺を見て」

低く甘く囁（ささや）くと、弾力のある獣耳が小刻みに震えた。

そっと指と指を絡（から）ませ、愛撫（あいぶ）にも似た動きでゆるゆるこすりながら、澄んだ水の瞳を覗きこむ。

「――あり、おみ」

取り上げた指の先、手の甲、手の平に手首。くちづけ、舐（な）めて、歯を当てると、白野は熱い吐息をこぼした。

「………あったかい」

「そうか」

雪の日は好きだ。

人のぬくもりが恋しく、愛おしくなる。それに音が絶える。外にいても、透明な箱の中にいる気分になる。

今も少し離れたところで仲間たちが騒いでいるであろうに、まるで世界にふたりきりになったようだ。

そしてなにより――

(白野が、喜ぶ)

鼻先を近づけると、白い息が混ざり視界が淡く曇った。身長の差があるため、在臣は軽く屈み、白野は少しだけ伸びをしてキスをする。

「ん。――んっ、……ぅ」

互いのぬくもりを求め、分け合うようにして、何度も唇を啄んでは重ねた。くちづけの微かな音と、鼻から抜ける白野の声が、静寂にしたたっては消えてゆく。

「おれ……雪の日、好き」

こちらの思考に呼応でもしたのか――と思うほどのタイミングで、うるんだ双眸を細め白野は言った。

「……どうして？」

「……在臣は、この景色を見て、おれを思い浮かべてくれたんだなって……」

その名を告げた時、花開くように丸くなった瞳や答えてくれた幼い声が、在臣の脳裡にありありと甦る。

ともすれば冷たく寂しく映る、一面の白。

けれど雪の下には、春を待つ生命が眠っている。

家族を失いひとりぼっちになってしまった子供に、両手いっぱい――溢れるほどの幸せをあげたかった。どれだけ時間がかかっても、ふたりで泥だらけになって耕し種を撒き、水と肥料を――たっぷりの愛情を注いで、いつか彼だけの居場所と家族を、彼の手で感じてほしかった。

「白野が白野でいる限り、在臣はずっといっしょだ」

白野は自身の胸を両の手で押さえてから、頬にふれてきた。心臓を捧げるのにも似た仕草。白く細い指が在臣の輪郭をたどる。

あの日から自分の中に白野が棲みついたのと同じく、白野の中にも、自分がいる。

「ああ。一緒だな」

微笑みかけると、白野は一瞬全身を――それこそ獣耳から尻尾まで――震わせた。

「ありおみ」

「ん？」

「好きだぞ」

若干瞳孔まで開き気味にひたと見つめられ、そんな風に言われたらどうしようもない。

「……ぐぬぅう……」

すぐさま白野を抱えて部屋に帰りたいのをぐっとこらえる。今ならきっと風より速く駆けられるだろうが、それは心の中の参考記録としてとっておこう。

「在臣？　どうした？　白野……なにかまちがえただろうか……。今日の在臣、かっこよくてドキドキするから――あ、いや、いつもかっこいいけど、もっとかっこよくて、その……」

慌てた様子の白野に、在臣は「大丈夫」と理性を振り絞って返す。

――こんなにかわいい生き物が存在していいのか。しかもそれが俺の恋人だなんて――。

理王、改めて聞いてくれ。俺の白野がかわいい。

脳内でひとしきり雄叫びをあげたあと、在臣は大きく息を吐いた。さらに気つけとばかり、手すりに積もった雪に手をうずめ、冷えたそれで自分の頬を軽く叩く。

「……よし、そろそろ戻るか」

「？　ん、あ、そうだ。おれたちと入れ替わりで見回りに出た人用に、あったかい食べ物を少し用意しておこうって――さっき灯里と話したから、いってくる」

「おお、寒い中の巡回は腹減るもんな。きっとみんな喜ぶよ」

白銀の髪が乱れぬよう慎重に撫でると、心なしか不満げに頭を押しつけられた。結局普段どおりの強さで撫でた。案の定、髪の結び目はゆるんでしまったので、手ぐしで編み直す。先ほどよりは不恰好になってしまったにもかかわらず、白野はひどく嬉しそうに獣耳を尖らせ咽喉を鳴らした。

「ありがと。あのな――在臣」

「なんだ？」

「……えと……ぜんぶ終わったら――いっしょに、寝よう？」

最後こそほんのわずかお伺いの様相を呈していたけれど、確かにお誘いだった。「寝てもいいか？」ではなく、白野の願いがこもったお誘い。

もちろん返事は――

「やだ」

「えっ」

「寝かせない。ていうか寝かせられない」

「ええっ」

真剣な面持ちで迫る在臣に、白野はおおいにうろたえた――かと思いきや、キスをして抱きついてきた。

「――……は、白野も……そのつもりだから、いい」

今度は在臣が言葉を失う番だった。恥ずかしいのか、白野は顔を見せようとしない。ただ小刻みに揺れる立てた尾や、そっとしがみついてくる手、預けられる体の重みが、その気持ちを雄弁に語っている。

思い返せば昔からそうだった。白野は白野なりの方法で、歩み寄り、気持ちを伝えてくれた。優しくて臆病で、器用ではないけれど、決して諦めたりしない。

（……俺に告白してくれたのだって）

吹雪の救出劇からの流れだったとはいえ、そこに至るまで白野がどれほど悩み、想いを告げるのにどれほど勇気がいったことか――。

想像するだけで胸が痛くなると同時に、たまらなく愛しさが募（つの）る。

「白野」

「ん……？」

「愛してる」

だから、自分もまた自分のやりかたで、愛を歌おう。

五十嵐（いがらし）在臣は、人のそばに在る男。

六花（ろっか）の――そして白野の騎士として、春夏秋冬、これからも共に歩いてゆく。

あとがき

このたびは私にとって初の紙版の文庫本、初シャレード文庫様、そして初のファンタジー設定というTH（トリプルはじめて）な作品を読んでくださりありがとうございます。柄十はるかと申します。

普段お話を考える際はどちらかというと現代物のほうが多いのですが、けもみみは昔から大好きなモチーフだったので、今回こうして書かせていただけてとても楽しかったです！

主人公の原型には動物の中でも特別好きなユキヒョウを選びました。

モフモフの毛に包まれているせいか、凛々しくもまるっこく愛嬌のある顔立ちやシルエット。長いふかふかしっぽ。ぶっとい四肢にでっかいクリームパンのようなおてて。そこから繰り出される驚異の跳躍力。たまりません。

性格は比較的穏やかで、意外にもライオンやトラのような「ガオー」系の雄たけびではなく、「なぉう、あぁお」というネコっぽい声で鳴きます。そして幼獣。小さい頃のかわいさがまた尋常ではないんです！　作中にも使った、親を呼ぶ「ぴー！」という笛のような鳴き声。私はこの声を聞いた瞬間、すっかりユキヒョウに心奪われてしまいました。かわいくて愛しくてキュンとする……ちょっと涙がでてくるような感覚でした。その時は別に何か妄想をしたわけではなかったのですが、あれは萌えに近い気持ちだったと思います。

で、そんな萌えや好きなものをぎゅっと詰めこんだのがこの作品です。

いつかどこかの知らない国で、種族の違いがありながらも互いを想いあい助けあって生きている在臣と白野、それから彼らと強い友情で結ばれている理王や灯里をはじめとする人々の営みを、ぜひ読者のみなさんも一緒に——同じ世界に生きる住人のように楽しんでいただけたら幸いです。

……とかなんとか壮大なストーリーテラーばりにかっこつけた挨拶をしてしまったんですけれど、まだまだ力不足ゆえ表現しきれていないところや、わかりづらいところも多々あったかと思うので、今後とも精進いたします……！

最後に、優しく美しく透明感あふれるイラストで作品を彩ってくださった白松先生、お忙しい中ありがとうございました！　キャラクターや騎士服のデザインから、表紙、口絵、挿絵の一枚一枚に至るまで、本当に丁寧に世界観を拾い上げて形にしてくださって、設定画やラフを拝見するたび先生にお引き受けいただけてよかった……と嬉しさで顔面しわくちゃにしておりました。

それから亀の歩みな私を押したり引いたりしてサポートしてくださった担当様、ありがとうございました。慣れないファンタジー世界で迷子になりかけた時、颯爽と道を照らして「こっちですよ」とガイドしてくださったその姿……まさに騎士でした！

重ねてになりますがここまで目を通してくださったみなさまにも心からの感謝を。よろしければお声などお聞かせいただけると……とても喜びます！

またどこかでお会いできますよう。

（宣伝以外は動物と食べ物とまれにらくがきの、ハシビロコウレベルに動かないツイッターも一応やっております……。→@tsukatoh）

本作品は書き下ろしです

柄十はるか先生、白松先生へのお便り、
本作品に関するご意見、ご感想などは
〒101 - 8405
東京都千代田区神田三崎町2 - 18 - 11
二見書房　シャレード文庫
「六花の騎士と雪の豹～冬実る初恋～」係まで。

六花の騎士と雪の豹～冬実る初恋～

【著者】柄十はるか

【発行所】株式会社二見書房
東京都千代田区神田三崎町2 - 18 - 11
電話　03(3515)2311［営業］
　　　03(3515)2314［編集］
振替　00170 - 4 - 2639
【印刷】株式会社　堀内印刷所
【製本】株式会社　村上製本所

落丁・乱丁本はお取り替えいたします。
定価は、カバーに表示してあります。

ISBN978-4-576-20161-0

https://charade.futami.co.jp/